Moa Eriksson Sandberg

UND PLÖTZLICH WAR DER WALD SO STILL

Für Grethe

Moa Eriksson Sandberg

UND PLÖTZLICH WAR DER WALD SO STILL

Roman

Aus dem Schwedischen von
Friederike Buchinger

BELTZ
& Gelberg

Dieses Buch ist auch als E-Book erhältlich
(ISBN 978-3-407-74504-0)

FSC
www.fsc.org
MIX
Papier aus verantwortungsvollen Quellen
FSC® C089473

www.beltz.de

Die Originalausgabe erschien unter dem Titel
Den första flickan skogen möter bei Rabén & Sjögren, Stockholm

Aus dem Schwedischen von Friederike Buchinger
Lektorat: Barbara Gelberg
Einbandgestaltung: Cornelia Niere
Einbandfoto: Minmiphoto/Arcangel Images
Satz, Typografie: Antje Birkholz
Druck & Bindung: Beltz Bad Langensalza GmbH, Bad Langensalza
Printed in Germany
ISBN 978-3-407-81179-0
1 2 3 4 5 6 17 16 15 14

»Man denkt zurück an die frühen Morgenstunden, in denen man alleine durch den Wald ging, auf dem Weg zu den Badefelsen, so seltsam glücklich über die Stille und das Zwitschern der Vögel. Es kam einem vor, als wäre der Wald eben erst erwacht, genau wie man selbst …

Man träumt davon, wieder dieses erste Mädchen zu sein, dem der Wald an einem frühen Sommermorgen begegnet.«

Evas Kalender, 1964

Manchmal träume ich davon. Der Wald ist trügerisch still und ich renne, so schnell ich kann. Ich höre das schwere Keuchen hinter mir. Ich renne weiter, aber es ist, als wären meine Beine aus Gummi. Er ist jetzt ganz nah und ich kann seinen warmen Atem im Nacken spüren. Meine Knie geben nach. Als sich seine Finger um meinen Hals schließen, schreie ich. Dann wache ich auf und Tränen laufen mir die Wangen hinunter.

Wenn ich an den Sommer zurückdenke, ist es genau dieses Gefühl, das mir am allerstärksten im Gedächtnis geblieben ist: die Angst, die meine Beine zittern und mein Herz unter dem T-Shirt heftig klopfen ließ, wenn ich abends zu Fuß nach Hause ging. Die Angst, dass die Hände mich irgendwann zu fassen bekommen und in die Dunkelheit des Waldes ziehen würden.

Aber ich erinnere mich auch an anderes, an Dinge, die mich sogar an trüben Wintertagen in der Schule wärmen. So wie jetzt. Meine Mathelehrerin schaut mich streng an, und ich weiß, dass ich Gleichungen lösen sollte, statt an meinem Bleistift zu kauen.

Ich starre ins Buch, versuche, mich zu konzentrieren.

Aber die Zahlen verschwimmen und stattdessen sehe ich sein Gesicht. Die langen, dunklen Wimpern und den Mund, den ein Lächeln umspielt. Und ich erinnere mich an alles. Genau so, wie es gewesen ist.

IN dem Sommer, in dem Linda Palm verschwand, wurde ich zwölf. Anfangs war es ein Sommer wie jeder andere. Wir tranken in der Laube Kaffee und der Tisch war mit dem Geschirr gedeckt, das meine Mutter Isabella selbst getöpfert hatte. Es war warm, aber die Luft war spätsommerlich frisch und roch schon nach Herbst, obwohl es gerade erst August war.

Jonna trug ein Jeanskleid und hatte sich ein breites Stoffband in die karottenroten Haare gebunden, die sich an den Schläfen lockten. Sie schien sich immer unwohl zu fühlen, wenn sie so herausgeputzt war. Als hätte jemand anderes ihr die Kleider aufgezwungen, als würde sie sich die Sachen am liebsten herunterreißen und in den Wald rennen, nackt wie ein Faun.

Sabina dagegen sah in ihrem hellen Rüschenkleid aus wie eins dieser Mädchen aus der Fernsehwerbung. Ich stellte mir vor, sie würde jeden Moment ihren Pferdeschwanz schwingen lassen, die Augen aufreißen und irgendetwas Verführerisches über Kaugummi sagen.

»Meine Geschenke waren die allerschönsten, nicht wahr?«, sagte sie. Von ihr hatte ich die neue Madonna-

Platte *Erotica* bekommen und Radiergummis in Kaninchenform, die nach Erdbeere dufteten.

»Ja, natürlich. Ich habe mich total gefreut!«, versicherte ich ihr, aber das war ein bisschen gelogen: Am allermeisten hatte ich mich über den Bikini gefreut, den ich von meinen Eltern bekommen hatte. Er war weiß, mit einem Muster aus winzigen, rosa Rosen. Im letzten Sommer hatte ich um einen Bikini gebettelt, aber da hatte Isabella nur gelacht und gesagt: »Ihr Mädchen könnt ruhig noch nackt baden. Da draußen im Wald sieht euch doch sowieso keiner.«

Rot vor Zorn war ich aus dem Zimmer gegangen, ohne etwas zu erwidern. Aber jetzt hatte sie endlich kapiert, dass ich viel zu groß war, um nackt zu baden. Im Unterschied zum letzten Sommer sahen meine Brüste jetzt nicht mehr aus wie geschwollene Mückenstiche.

Anfangs hatte ich die spitzen Knubbel gehasst. Aber jetzt mochte ich sie. Madonna hatte ja auch große Brüste. Außerdem hatte Sabina gesagt, dass man »schließlich kein Brett sein will«.

Isabella servierte eine Kanne selbstgemachten Holunderblütensirup. Ihre Lippen waren kräftig rot geschminkt, im Mundwinkel steckte eine unangezündete Zigarette und sie hatte ihren Körper in ein langes, wallendes Kleid gewickelt. Sie war zweiundvierzig, sah aber eher aus wie dreißig, das sagten alle. Ich war stolz darauf, so eine hübsche Mama zu haben. Wobei ich sie gar nicht Mama nannte, jetzt nicht mehr. Einmal, als ich schlechte Laune hatte und mein Gequengel sie nervte, brüllte sie: »Herrgott noch mal, Hanna! Ich heiße nicht Mama, ich heiße Isabella!« Seit dieser Zeit sagte ich nur noch Isabella zu ihr. Meine Freundinnen fanden das total seltsam, aber mir gefiel es mittlerweile. Es fühlte sich irgendwie erwachsen an.

»Du weißt schon, Harry und Viveka Palm«, sagte Jonnas Mama Lisbeth. Ihre Stimme war aufgebracht und heiser. Im Unterschied zu Isabella war sie kein bisschen elegant. Sie hatte kurze, blondierte Haare mit fransigem Pony, war dürr wie eine Vogelscheuche und hatte Falten um den ungeschminkten Mund.

»Nein, wer ist das?«, sagte Isabella und setzte sich.

Ich ahnte, dass sie Lisbeth insgeheim nicht leiden konnte. Aber ich wusste auch, dass sie es liebte, bewundert zu werden. Der Preis dafür war, so zu tun, als würde sie sich für Klatsch und Tratsch interessieren, dabei literweise Kaffee zu trinken und selbstgebackene Zimtschnecken zu essen. »Dieses ewige Kaffeetrinken wird mir noch irgendwann die Figur ruinieren«, stöhnte sie immer.

Lisbeth steckte sich eine Zigarette an und kräuselte die schmalen Lippen, während sie den Rauch ausblies.

»Doch, natürlich weißt du, wer das ist! Harry und Viveka Palm vom Gutshof. Ihre Tochter Linda ist im selben Sportverein wie Jonna und Hanna. Sie ist nur ein bisschen älter als unsere Mädchen.«

»Ach so, die meinst du«, entgegnete Isabella und runzelte ungeduldig die Augenbrauen.

»Viveka hat einen Zettel mit einer Telefonnummer in

Harrys Jackett gefunden. Es kam raus, dass er eine Affäre mit der Kassiererin vom Konsum in Torup hatte. Du weißt schon, die Blonde. Eine richtige kleine Gans, aber auf so was stehen die Kerle ja offenbar.«

Isabella trank einen Schluck Kaffee und lachte. »Du lieber Himmel, haben die Leute hier auf dem Land keine anderen Hobbys, als fremdzugehen?« Lisbeth sah unsicher aus, aber dann lachte sie mit, eine Spur verlegen.

Die anderen jubelten, als ich die zwölf rosafarbenen Kerzen auf dem Kuchen auspustete. Ich schnitt das erste Stück ab, streckte die Hand nach der Kuchenschaufel aus und manövrierte es vorsichtig auf meinen Teller. Wenn es stehen blieb, hieß das, dass man irgendwann heiraten würde. Und ich wollte heiraten, denn wenn man nicht heiratete, endete man als alte Jungfer, genau wie die pickelige Monsterbusen-Sissela, die im Kiosk arbeitete. Es war ein schrecklicher Gedanke, dass meine gesamte Zukunft womöglich von einem kleinen Stück Kuchen mit Sahne und Vanillesoße abhing.

Das Kuchenstück schwankte unentschlossen, aber dann kippte es um. Isabella schaute mich an und zwinkerte. Ihr war heiß und ihre Wimperntusche hatte Ränder unter den Augen hinterlassen. »Sieht zwar so aus, als würdest du nicht heiraten, Hanna, aber verloben wirst du dich ganz bestimmt trotzdem. Hast du dir was gewünscht, als du die Kerzen ausgeblasen hast?«

»Ja«, sagte ich zögernd. Ich wünschte mir nichts mehr, als dass Papa hier wäre. Isabella sah mich an, als wüsste sie, was ich dachte.

»Du weißt, dass Papa wirklich gerne bei uns wäre, aber er musste auf eine Buchmesse nach Deutschland. Manchmal ist das so, wenn man erwachsen ist, man muss bestimmte Dinge tun, auch wenn man nicht immer Lust dazu hat.«

»Ja, das weiß ich ja«, sagte ich und schob mir ein großes Stück Kuchen in den Mund. Es war kindisch, traurig zu sein, nur weil mein Vater an meinem Geburtstag nicht zu Hause sein konnte.

Mein Vater Frank stammte aus Göteborg und arbeitete dort als Lektor in einem kleinen Buchverlag. Die Woche über wohnte er in der Stadt und nur an den Wochenenden war er zu Hause bei uns in Rydöbruk. Isabella fand es zwar traurig, dass er nicht öfter bei uns war, aber sie wollte nicht zurück in die Stadt ziehen. Sie war Künstlerin und hatte hier auf dem Hof ihre Keramikwerkstatt, in der sie Becher, Teller, Kerzenleuchter und kleine, dicke, Pfeife rauchende Katzen herstellte. Außerdem liebte sie unser rotes Holzhaus mit den weißen Giebeln und den großen Garten mit knorrigen Apfelbäumen, Himbeeren und verwilderten Fliederbüschen. Jetzt, nachdem mein kleiner Bruder Dag auf die Welt gekommen war, fand sie erst recht, es wäre ein Jammer, uns hier herauszureißen.

»Ist es nicht herrlich, hier aufzuwachsen? Als ich klein war, mussten wir uns in Stockholm mit verdreckten Parks voller Bier trinkender Kerle begnügen«, sagte sie.

Meine Nase war schon rot und schälte sich. Ich wäre besser aus der Sonne gegangen, aber ich konnte nicht widerstehen – es war so schön zu spüren, wie das Gesicht vor Wärme brannte. Ich dachte darüber nach, wie verrückt es war, dass ich ausgerechnet an diesem Tag vor zwölf Jahren geboren worden war. Dass Isabella mich neun Monate lang in ihrem Bauch getragen und dann zwischen ihren langen Beinen herausgepresst hatte. Nein, iih, darüber wollte ich lieber doch nicht nachdenken.

»Wollen wir nicht aufstehen und unserem Geburtstagskind ein Ständchen singen?«, fragte Isabella. Die anderen standen auf, und ich blieb mit einem albernen Lächeln auf den Lippen sitzen und wusste nicht, wohin ich schauen sollte. Ich stand nicht gerne im Mittelpunkt. Aber tief in meinem Inneren wuchs eine Erwartung. Ich hatte mich so sehr danach gesehnt, endlich zwölf zu werden, und ich spürte, dass dieses Jahr besonders werden würde.

JONNA, Sabina und ich nahmen die Abkürzung zur Badestelle am See, unsere Handtücher über die Schultern gelegt. Ich war barfuß, und es war ein schönes Gefühl, über den sonnenwarmen Asphalt zu laufen. Nach einem ganzen Sommer ohne Schuhe waren meine Fußsohlen dick wie Elefantenhaut und die kleinen Steinchen auf dem Weg spürte ich kaum mehr.

Jonna und ich kannten uns aus dem Kindergarten und waren seither unzertrennlich. Als wir kleiner waren, gingen wir sogar gleichzeitig auf die Toilette. Gemeinsam dachten wir uns Fantasiewelten aus. An einem Tag waren wir Königinnen, die über ihre großartigen Ländereien wachten, an einem anderen war der Schulhof ein von Mauern umgebenes Gefängnis, aus dem wir zu fliehen versuchten, aber manchmal waren wir auch Professoren, die Vorlesungen über mittelalterliche Klöster hielten. »Und hier spießten die Mönche die Köpfe ihrer Feinde auf«, sagte ich dann zum Beispiel und zeigte auf einen spitzen Ast.

Aber dann zog Sabina nach Rydöbruk. Unsere Mütter kannten sich, deshalb hatten wir schon als kleine Kinder viel miteinander gespielt, obwohl sie damals noch in Halmstad wohnte. Jonna war trotzdem meine beste Freundin, und ich redete mir ein, dass ich sie immer noch genauso gerne hatte wie früher. Aber Sabinas Gerede über Jungs und Sachen, die sie in der *Frida* und der *Wochenrevue* gelesen hatte, weckten die Sehnsucht nach etwas anderem in mir. Nach etwas Wirklichem.

Die Badestelle war im Wald. Zwischen all dem Grün erstreckte sich der Stausee wie ein dunkles Loch, gefüllt mit bernsteinfarbenem Wasser. Auf der einen Seite war ein steinernes Wehr mit großen Betonrohren, durch die das Flusswasser in den See strömte. Auf der anderen Seite floss es weiter in den Wald und bildete einen kleinen, rauschenden Wasserfall.

Manchmal setzten wir uns in den Wasserfall. Das fühlte sich an, als würde man im Whirlpool baden. In dem schäumenden Wasser überkam mich immer das Gefühl, pinkeln zu müssen, und manchmal, wenn ich alleine war und mich niemand sehen konnte, ließ ich es einfach laufen, warm an meinen Oberschenkeln herunterrinnen, wo es sich mit dem kühlen Flusswasser vermischte und in den Wald verschwand.

Ich zog meine Jeansshorts und das gebatikte T-Shirt aus. Im Vergleich zum Rest meines Körpers sahen meine Beine unverhältnismäßig lang aus. Ich war über den Sommer mehrere Zentimeter gewachsen und hatte mich noch nicht an meine neue Größe gewöhnt. Obwohl es für mich eigentlich normal war, groß zu sein. Ich war schon immer die Größte in der Klasse gewesen, und Isabella behauptete, ich würde später bestimmt mal Fotomodell werden. Aber das konnte ich mir nicht vorstellen, weil die Models in den Hochglanzmagazinen so selbstsicher und hübsch aussahen. Ganz anders als ich.

»Warte nur«, sagte Isabella. »In ein paar Jahren wirst du eine strahlende Schönheit sein.« Das war als Aufmunterung gemeint, aber es fühlte sich mehr wie eine Bestätigung dessen an, was ich ohnehin schon vermutete: dass ich im Augenblick nicht viel hermachte.

Sabina musterte mich neugierig.

»Schicker Bikini. Hast du den zum Geburtstag bekommen?« Sie beugte sich vor, die roten Lippen leicht geöffnet.

Ich musste daran denken, was Isabella immer sagte: den Mund ständig halboffen zu haben, war ein Zeichen mangelnder Intelligenz. Sie fand es grauenhaft, wenn die Nachbarskinder, zwei Jungs, die immer das Gleiche anhatten, obwohl sie noch nicht mal Zwillinge waren, an unserer Grundstücksgrenze standen und uns, ohne ein Wort zu sagen, mit offenen Mündern anstarrten. »Mund zu«, fauchte sie dann.

Sabina ging ans Wasser und streckte prüfend einen Fuß hinein. Ihre Füße waren schmal und knochig, und ich zog sie oft damit auf, dass sie aussahen, als würden sie zu einem Skelett gehören. Wenn wir beieinander übernachteten und sie ihre Füße neben meinen Kopf legte, schrie ich immer: »Das Skelett greift an!«, sobald sie meinem Gesicht zu nahe kamen. Im Gegenzug behauptete sie, meine Füße wären so rau, dass man mit ihnen sogar Karotten raspeln könnte.

»Wer zuletzt im Wasser ist, ist ein Angsthase!«, rief Sabina und sprang. Ich zögerte ein paar Sekunden, aber dann rannte ich los und stürzte mich hinter ihr ins Wasser. Ich holte tief Luft und tauchte unter. Mit weitgeöffneten Augen versuchte ich, etwas zu sehen, aber es war zu trübe. Jonna scherte sich nicht um Sabinas Kampfansage. Stattdessen stand sie betont langsam auf und ging zum Wasser.

»Angsthase! Jonna ist ein Angsthase!«, rief Sabina, aber Jonna tat, als hörte sie nichts. Ihrem Gesicht sah man nichts an, aber ich wusste, dass sie sauer war. Wenn sie etwas verabscheute, dann Leute, die andere hetzten.

Sabina und ich schwammen bis zu dem großen Felsen in der Mitte des Sees. Er war mit schleimigen, grünen Algen überzogen. Wenn wir Meerjungfrauen spielten, schmierten wir uns von Kopf bis Fuß damit ein. Manchmal stellten wir uns vor, wie wären Poseidons Hofdamen und müssten für ihn tanzen, um unserer Hinrichtung zu entgehen. Dann standen wir in dem flachen Wasser, drehten Pirouetten und warfen unsere Beine wie Cancan-Tänzerinnen, bis wir nicht mehr konnten.

»Können wir heute nicht was anderes machen?«, fragte Sabina.

»Wir könnten spielen, dass wir Archäologen sind, die auf dem Meeresgrund nach einem Schatz suchen«, schlug ich vor.

Sabina strich sich die nassen Haare aus dem Gesicht und seufzte: »Nein, wie langweilig. Können wir nicht was

Lustiges machen? Uns oben ohne sonnen zum Beispiel?«

Ich zuckte die Schultern. Oben ohne war ein Ausdruck, den ich mit großbusigen Oberstufenschülerinnen verband, die rauchten und Pfefferminzkaugummi kauten.

»Und was ist, wenn jemand kommt?«

»Hanna, stell dich nicht so an. Hier ist nie jemand. Und selbst wenn, wäre mir das echt scheißegal.«

Jonna war jetzt auch zu dem großen Felsen geschwommen. Sie kletterte aus dem Wasser und setzte sich neben uns.

»Aber warum sollten wir das machen?«, fragte sie und rümpfte ihre sommersprossige Nase.

Sabina lächelte. »Weil es schön ist. Außerdem sieht es viel besser aus, wenn man überall braun ist.«

Wenig später lagen wir alle drei mit nacktem Oberkörper nebeneinander auf dem Felsen. Es war komisch: Früher war ich immer in Badehose und mit nacktem Oberkörper herumgelaufen, aber jetzt fühlte es sich verboten und aufregend an.

»Ich glaube, da ist jemand«, flüsterte Jonna plötzlich und setzte sich auf. Sie hielt sich die Hände vor die Brüste (die sogar noch kleiner waren als meine) und sah sich um. Sabina stützte sich auf die Ellenbogen.

»Beruhig dich. Da ist niemand.«

»Aber was ist, wenn sich jemand im Wald versteckt hat und uns anglotzt«, flüsterte Jonna.

Sabina stand auf. Ihr schmaler, braungebrannter Körper erinnerte an ein Reh.

»Ich glaube nicht, dass hier jemand ist. Aber wenn doch, dann verjage ich ihn.« Sie holte tief Luft und schrie: »Hör auf, uns anzuglotzen, du Schwein!« Als nichts zu hören war, legte sie sich wieder hin und drehte triumphierend das Gesicht in die Sonne.

»Glaubst du mir jetzt, dass hier niemand ist, Jonna? Denkst du etwa, der Wald ist voller Vergewaltiger und Mörder, die nur darauf warten, dass drei süße, kleine Mädchen auftauchen und sich ausziehen? Oder vielleicht ein Gespenst? Buh! Buh!«

Jonna grinste widerwillig und wir legten uns wieder hin und schlossen die Augen. Die Sonne wärmte genauso schön wie eben noch, aber ich konnte das Gefühl nicht abschütteln, dass Sabina vielleicht unrecht hatte. Dass vielleicht wirklich jemand im Wald stand und uns beobachtete.

EINE neue Familie war in das grau-weiße Eternithaus unten an den Bahngleisen gezogen. Als ich auf dem Weg vom Dorfladen nach Hause dort vorbeikam, sah ich, wie sich hinter den dünnen Spitzenvorhängen jemand bewegte. Ich war so daran gewöhnt, dass das Haus leer stand, dass ich vor Schreck zusammenfuhr.

Es war ein Junge. Er schien ungefähr so alt zu sein wie ich, vielleicht ein bisschen älter. Er war groß und hatte zerzauste, dunkelblonde Haare und große, graue Augen, die erstaunt meinen Blick erwiderten. Vorsichtig hob ich eine Hand zum Gruß, aber er grüßte nicht zurück. Beschämt schaute ich nach unten und ging eilig weiter.

»Meine Mutter hat erzählt, dass eine polnische Familie in das verlassene Haus an den Gleisen gezogen ist«, sagte Jonna später an diesem Tag.

Wir lagen ausgestreckt auf der Wiese unter einem ausgebleichten Sonnenschirm. Das trockene Gras war rau und kitzelte mich an der Unterseite der Beine.

»Ich weiß«, sagte ich. »Einen von denen habe ich heute gegrüßt.«

Polen, wo lag das noch gleich? Ich versuchte, mir die

Weltkarte vorzustellen, die an der Wand im Klassenzimmer hing, aber es klappte nicht. Es war wie ein Puzzle, dessen Teile kreuz und quer verteilt waren. Jonna sah neugierig aus, wie eine Miniversion ihrer Mutter, nur ohne die grimmigen Falten um den Mund.

»Wen hast du gegrüßt?«

Ich lächelte und biss mir auf die Lippe.

»Einen Jungen …«

Jonna sah mich skeptisch an.

»Hat er etwas auf Polnisch gesagt?«

»Natürlich nicht«, sagte ich. »Wir haben uns einfach zugewinkt.«

Jonna lutschte geräuschvoll eine Veilchenpastille.

»Mama hat gesagt, die Familie hätte vorher in Norrland gewohnt. In Luleå. Wie alt ist er denn? Meinst du, er kommt in unsere Klasse?«

»Keine Ahnung«, sagte ich. »Kann sein.«

Als ich an den fremden Jungen dachte, flatterte es erwartungsvoll in meiner Magengrube, und ich hoffte, dass es wirklich so sein würde.

In meiner Klassenstufe waren wir nur zu viert und deshalb besuchten wir die 4-5-6a, in der alle Unterstufenklassen gemeinsam in einem Raum unterrichtet wurden. In meine Klasse gingen Jonna, Sabina und ein Junge namens Klas, der aus Chile adoptiert worden war.

Klas hatte glänzende, rabenschwarze Haare und eine runde Brille. Früher waren Jonna und ich abwechselnd mit ihm zusammen gewesen. Vormittags ging er mit mir, nachmittags mit Jonna. Obwohl außer Händchenhalten eigentlich nie etwas passiert war. Nur bei einem Schulausflug hatte er mir einmal im Bus einen Kuss auf die Wange gegeben.

Ich rollte mich auf den Bauch und stützte den Kopf in die Hände. Meine Handflächen rochen nach Erde und Gras. Vor mir kämpfte eine Ameise mit einer Tannennadel, die größer war als sie selbst.

»Würdest du gerne mal jemanden küssen? So richtig, meine ich?«

Jonna sah beunruhigt aus. Als wäre das eine komische Frage.

»Ich weiß nicht, ich glaube nicht. Du?«

Das Flattern in meinem Magen wurde stärker.

»Ja, ich glaube schon.«

»Wen willst du denn küssen? Klas?«, fragte Jonna und grinste.

»Ganz sicher nicht! Der ist so kindisch.«

Jonna verzog das Gesicht.

»Mir ist zu heiß. Wollen wir ins Haus gehen?«

Als wir in die Küche kamen, stand Isabella an der Spüle und hörte Radio. Ich ging zum Wasserhahn, um mir ein Glas Wasser zu holen, als sie die Nachrichten lauter drehte und mir ein Zeichen gab zu warten. Ich wollte gerade protestieren und sagen, dass ich am Verdursten war, aber als ich die Stimme des Reporters hörte, blieb ich wie angewurzelt stehen: »Sie ist gestern Nachmittag gegen fünfzehn Uhr von zu Hause verschwunden und seitdem nicht mehr gesehen worden. Jeder, der Angaben dazu machen kann, wo sie sich möglicherweise befindet, soll sich bitte umgehend mit der Polizei in Verbindung setzen.«

»Es geht um Linda Palm. Sie ist verschwunden«, sagte Isabella.

DIE Polizei durchkämmte mit Suchtrupps den Wald. Als ich an diesem Abend im Bett lag, bildete ich mir ein zu hören, wie sie Lindas Namen riefen. Aber die Stimmen waren so undeutlich, dass ich mir nicht sicher war, ob es nicht doch nur der Wind war, der in den Fichten rauschte.

Linda Palm war das beliebteste Mädchen in Rydöbruk. Ihren Eltern gehörte der Gutshof mit dem großen Reitstall und außerdem hatte sie lange Beine und den perfekten Schrägpony. Auch in unserer Sportgruppe war sie der Star. Sie konnte Spagat und war sogar in der Lage, einen Hula-Hoop-Reifen endlos lange um die Taille kreisen zu lassen. Die anderen Mädchen schauten ihr voller Bewunderung zu und riefen: »Linda, du kannst alles so gut!« oder: »Oh, Linda, ich wünschte, ich hätte solche Beine wie du!«

Jonna und ich standen mit unseren roten Schwungbändern immer ganz hinten. Wir schwenkten sie in einer Formation hin und her, und ich schielte heimlich nach Lindas Beinen und versuchte herauszufinden, weshalb sie so bewundert wurden. Am Ende kam ich zu dem Schluss, dass meine eigenen Beine zu dünn waren. Lindas sahen viel erwachsener aus, nicht so wie meine knochigen Stangen voller blauer Flecken und Kratzer.

Es war merkwürdig, dass ausgerechnet Linda vermisst gemeldet wurde. Sie schien immer so selbstsicher, wenn sie vor dem Kiosk stand und gemeinsam mit ihren Mofa-Kumpels Mentholzigaretten rauchte. Wenn man vorbeiging, musterte sie einen manchmal aus halbgeöffneten Augen, als wäre man es gar nicht richtig wert, beachtet zu werden. Ich hoffte immer, sie würde mich eines Tages grüßen. Ich hatte sogar schon überlegt, sie anzusprechen, ob wir nicht in derselben Gymnastikgruppe waren, aber mir war klar, dass das dämlich gewesen wäre. Genauso gut hätte man einen Popstar fragen können, ob er nicht Sänger in dieser weltberühmten Band war.

Im Bett war es warm und ich wälzte mich auf dem zerwühlten Laken hin und her, drehte das Kopfkissen, schüttelte es. Schließlich setzte ich mich auf und zog mein Nachthemd aus. Von unten hörte ich Dags durchdringendes Gebrüll. Um es nicht länger ertragen zu müssen, presste ich mir das Kissen auf das Gesicht.

Seit er auf die Welt gekommen war, war alles anders. Dag, mein kleiner Bruder mit dem runden Gesicht, mit den rosigen Wangen und dem kleinen Fischmund, aus dem Spuckeblasen blubberten. Als ich klein war, wollte Papa keine weiteren Kinder. Das sagte er zu Isabella, als er dachte, ich würde es nicht hören. »Ich möchte, dass Hanna spürt, wie einzigartig sie ist.«

Aber Isabella wollte noch ein Kind und irgendwann hatte Papa wohl nachgegeben. Manchmal, wenn ich darüber nachdachte, wünschte ich mir, Dag wäre nie geboren worden.

Als ich das Kissen losließ, hatte er aufgehört zu schreien und ich konnte auch keine Rufe nach Linda mehr hören. Es war totenstill, nicht mal mehr der Wind heulte. Der Wald vor dem Fenster war hoffnungslos dunkel, und ich schauderte bei dem Gedanken, alleine dort draußen zu sein.

ICH schlief und träumte von dem polnischen Jungen. Wir flogen zusammen über ein klares Gewässer, er saß hinter mir und hielt mich fest im Arm. Seine Wimpern kitzelten an meiner Wange und ich atmete den Duft seiner sonnenwarmen Haut ein. Ich hatte das Gefühl, in etwas Warmes eingehüllt zu sein. Oder als badete ich im Meer und die Wellen zögen mich immer weiter hinaus ins tiefe Wasser, nur ohne Angst.

Als ich die Augen aufschlug, erschien mir die Welt weich und sanft wie Zuckerwatte.

Aber ich hatte den Gedanken kaum zu Ende gedacht, als ein Stechen durch meinen Bauch fuhr. Ein anhaltender, dumpfer Schmerz breitete sich aus. Erschrocken krümmte ich mich zusammen. War das die Strafe, weil ich romantische Träume geträumt hatte, obwohl Linda verschwunden war? Als ich aufstand, entdeckte ich zwei hellrote Flecken auf dem weißen Betttuch.

Sabina hatte schon Anfang des Jahres zum ersten Mal ihre Tage bekommen und hatte mir von Bauchweh, komisch riechendem Blut und lästigen Binden erzählt. Aber irgendwie hatte ich mir eingebildet, ich würde von alldem vielleicht verschont bleiben. Dass es nur mädchenhafte Mädchen wie Sabina traf. Aber jetzt war ich plötzlich jemand anderes geworden. Eine Frau. Bedeutete das zugleich, dass ich kein Kind mehr war?

Ich zog mein Nachthemd an, rannte ins Bad und schloss sorgfältig die Tür hinter mir ab. Dann nahm ich Isabellas Binden aus dem Regal. Ich fand es ein bisschen eklig, die rosa-weiße Packung anzufassen, als könnte ich mich mit ihren Menstruations-Bazillen anstecken. Bäh, die sahen ja aus wie Windeln! Liefen erwachsene Frauen wirklich mit solchen Dingern rum?

Als ich klein war, hatte Isabella einmal eine benutzte Binde im Bad vergessen. Ich war zu ihr gerannt und hatte voller Entsetzen geschrien: »Mama, da ist Blut im Bad!«

»Das nennt man Menstruation und das haben alle Mamas einmal im Monat.«

»Aber woher kommt das Blut?«, fragte ich.

»Das erkläre ich dir, wenn du ein bisschen älter bist«, sagte sie.

Danach hatte ich schlimme Fantasien. Ich stellte mir vor, dass Mama aus einem Loch im Hals blutete, dass sie ihren Kopf anhob und jeden Monat Blut daraus abzapfte. Erst Jahre später begriff ich, woher das Blut wirklich kam.

Als ich in die Küche kam, saß Isabella am Küchentisch und fütterte Dag. Er plapperte fröhlich und sein ganzes Gesicht war mit Babybrei verschmiert. Isabella hatte die Haare hochgesteckt. Ein paar Strähnen hatten sich gelöst und fielen in weichen Wellen in ihren Nacken.

»Morning, Starshine! Möchtest du Hafergrütze?«

Ich holte mir Grütze vom Herd und setzte mich auf meinen Platz auf der Küchenbank. Die Tischplatte war aus geöltem Holz, an einigen Stellen hatte das Öl dunkle Flecken hinterlassen, die wie Figuren aussahen. Kleine, tanzende Zwerge. Wenn ich gute Laune hatte, stellte ich mir immer vor, sie würden mich anlächeln, aber heute zogen sie hämische Grimassen.

Ich fing an zu essen, aber mit jedem Bissen wuchs der Brei in meinem Mund. Er schmeckte nach nichts und die Preiselbeermarmelade war sauer. Der Appetit war mir vergangen. Schließlich ließ ich den Löffel auf den Teller fallen, und ohne dass ich es wollte, stiegen mir Tränen in die Augen. Ich konnte gar nicht glauben, dass Isabella nicht bemerkte, dass etwas so Wichtiges passiert war.

»Aber Schätzchen, was ist denn?«, fragte sie und sah eher erstaunt als besorgt aus.

»Sieht man das nicht?«, schluchzte ich.

Isabella sah mich forschend an.

»Nein … du hast dir doch nicht etwa wieder den Pony selbst geschnitten?«

»Nein. Das siehst du doch!«

»Aber Hanna, was ist es denn dann?«

Ich spürte, wie ich rot wurde.

»Als ich aufgewacht bin, waren Flecken in meinem Bett. Blut.«

Isabella sah bestürzt aus.

»Aber was sagst du da? Blutest du etwa?«

»Ja!«, sagte ich. »Du kapierst gar nichts, oder?«

Ein paar Sekunden lang sah sie verwirrt aus, aber dann verwandelte sich ihre Sorge in Erleichterung.

»Du lieber Himmel, habe ich wirklich schon ein so großes Kind? Glückwunsch, Hanna! Hast du Bauchweh, mein Schatz?«

»Ja, total.«

Ohne richtig zu wissen, warum, fing ich an zu weinen. Es tat zwar wirklich weh, aber das war es ja gar nicht. Isabella beugte sich vor und strich mit ihren rauen Fingern die Tränen aus meinem Gesicht. Dann holte sie eine Tablette und ein Glas Wasser. Ich wurde sofort ruhiger. Aber noch immer liefen mir ununterbrochen die Tränen die Wangen hinunter.

»Das ist kein Grund zu weinen, mein Schatz. Alle Frauen haben ihre Tage, sogar Madonna und Marilyn Monroe«, sagte Isabella.

Ich dachte an das Bild von Marilyn Monroe, das an der Wand im Badezimmer hing. Sie hatte weißblonde Haare, rote, leicht geöffnete Lippen und trug ein Goldlamee-Kleid, das kaum die halbe Brust bedeckte. Sie sah überirdisch schön aus, wie eine Sagen-Göttin, und es war schwer vorstellbar, dass jemand wie sie so etwas Ekliges wie ihre Regel hatte.

»Wann hört das wieder auf?«

»Nach drei, vier Tagen.«

»Nein, ich meine für immer?«

»Das dauert, bis du alt bist, sogar noch älter als ich. Aber mach dir keine Sorgen! Es ist nur ein Zeichen dafür, dass du erwachsen wirst. Bald werden die Jungs verrückt nach dir sein! Wir werden alle Hände voll damit zu tun haben, sie vom Haus fern zu halten.«

Das hätte mich froh machen sollen, aber aus irgendeinem Grund machte es mich nur noch verzweifelter. Ich wünschte mir, sie hätte gesagt, das Blut wäre nur etwas Vorübergehendes, das bald wieder verschwinden würde. Wie früher, wenn ich als kleines Kind einen gruseligen Albtraum hatte und Isabella sagte: »Da ist kein Gespenst mehr! Ich habe es weggezaubert!«

Ihr unbekümmertes Gesicht machte mich wütend und enttäuscht. Ich war nicht mehr länger die Hannamaus, die auf ihren Schoß klettern konnte. Jetzt war Dag ihr Goldkind, und ich war etwas, worum ich nicht gebeten hatte: eine Frau mit einer ekelhaften Windel zwischen den Beinen. Warum die Jungs deshalb verrückt nach mir werden sollten, war mir ein Rätsel.

»Ich will keinen bescheuerten Freund!«, sagte ich, stand auf und ließ meinen Teller mit Grütze einfach auf dem Tisch stehen. Ich rannte barfuß aus der offenen Tür, raus in den Garten und weiter in den Wald.

NORMALERWEISE ging ich nie alleine auf den Tierfriedhof. Um dorthin zu kommen, musste man erst auf schmalen Holzbrettern durch das Moor balancieren und dann einem Pfad folgen, der von Büschen und dichten Fichten umgeben war. Das Moos sah aus wie grüner Samt, dazwischen blühten hier und da noch ein paar Siebensterne.

Als ich kleiner war, verbrachte ich Stunden in der Bibliothek und las Märchenbücher. Ich verschlang alles über Trolle, Elfen und Waldgeister, was ich finden konnte, und stellte mir vor, es würde sie alle wirklich geben. Ich wünschte mir immer, das Leben wäre größer, als es zu sein schien – vielleicht blieb einem gar nichts anderes übrig, wenn man in einem Dorf mit weniger als vierhundert Einwohnern aufwuchs, das sonst niemand kannte. Natürlich glaubte ich inzwischen nicht mehr an Fabelwesen, aber manchmal, wenn ich durch den Wald lief, kam es mir immer noch vor, als könnte ich ihre Gegenwart spüren.

Das erste Tier, das ich auf dem Friedhof beerdigt hatte, war Godis. Sie war überfahren worden und lag steif und kalt auf der Landstraße, als ich sie fand. Ich setzte mich mitten auf die Fahrbahn und streichelte vorsichtig den blutverschmierten, kleinen Katzenkopf. Dann weinte ich, bis ich dachte, die Augen würden mir aus dem Kopf fallen.

Auf Godis folgten meine Meerschweinchen Helan, das erfroren war, als es im Winter draußen im Gewächshaus wohnte, und Halvan, das von einem Marder totgebissen worden war, eine Krähe, die wir im Graben gefunden hatten, und eine Spitzmaus, die in die Mausefalle in unserer Vorratskammer geraten war.

Ich ging zu Godis' Grab und hockte mich hin. Das selbstgeschnitzte Holzkreuz war grau geworden und die Aufschrift »Geliebte Godis« war von Regen und Schnee verblasst. Aber obwohl es fast vier Jahre her war, erinnerte ich mich ganz genau an den Tag, an dem wir sie beerdigt hatten. Damals gab es noch keinen Dag und ich war Mamas und Papas einzigartiges Kind.

Papa schnitzte das Kreuz und Jonna und ich standen feierlich neben dem Erdloch und hielten uns an den Händen. Ich erinnerte mich an unsere verschränkten Finger und die Sanftheit in Papas Stimme, als er sagte: »Alles Lebendige muss sterben. Daran führt kein Weg vorbei, meine Kleine.«

Ich fuhr mit dem Finger über das Kreuz. Der Gedanke daran, dass Godis' Skelett immer noch dort in der Erde war, ekelte mich. Aber es war auch spannend. Ich stellte mir vor, dass das Moor die Tiere so konserviert hatte, dass sie aussahen wie damals, als sie noch lebten, so ähnlich wie der Bockstens-Mann, die Moorleiche, die wir letzten Sommer im Museum in Varberg besichtigt hatten. Er hatte noch immer seine roten Haare, obwohl er schon vor Hunderten von Jahren gestorben war.

Vorsichtig beugte ich mich zum Grab und flüsterte Godis' Namen. Ich fragte mich, ob sie wusste, dass ich hier war und ob sie mich hören konnte. Oder war sie irgendwo anders? In einem Katzenhimmel voller Sahne und fetter Ratten?

»Ich vermisse dich, Godis. Es war viel besser, als du noch gelebt hast. Jetzt ist es so anstrengend. Ich weiß gar nicht, wieso es so gekommen ist«, sagte ich. Meine Stimme klang anders als sonst. Als wäre jede Silbe in der Stille besonders deutlich.

Plötzlich kam es mir vor, als würde mich jemand oder etwas beobachten – es war dasselbe kriechende Gefühl wie am Badesee, als wir oben ohne in der Sonne lagen. Ich stand hastig auf und sah mich um. Nichts war zu hören. Es war fast schon unnatürlich still. Die Dunkelheit des Waldes war beinah greifbar, als könnte sie mich aufsaugen, wie ein schwarzes Loch im Weltall.

Linda, dachte ich. Vielleicht war sie irgendwo hier draußen? Entführt, genau wie in den Märchen, in denen hässliche, alte Trolle schöne Prinzessinnen in unterirdischen Höhlen gefangen halten? Vielleicht hatten sie Linda nur deshalb mitgenommen, weil sie an diesem Tag zufällig das erste Mädchen im Wald gewesen war? Es lief mir eiskalt den Rücken herunter. Solange ich denken konnte, war der Wald mein Spielplatz gewesen, aber jetzt kam er mir plötzlich fremd vor.

Als ich in die Küche zurückkam, kam Isabella auf mich zu. Ohne zu fragen, wo ich gewesen war, nahm sie mich in den Arm. Sie roch nach Kinderessen und Parfum und unter dem gepunkteten Kleid konnte ich ihr Herz schlagen hören. Meine ganze Angst und Traurigkeit fiel von mir ab. Aber tief im Inneren spürte ich noch immer die Berührung einer unerklärlichen Dunkelheit.

ISABELLA war der Ansicht, wir sollten meine erste Regel feiern. Kapierte sie nicht, wie bescheuert es war zu feiern, dass ich zwischen den Beinen blutete? Lieber ließ ich mich in einen haarigen Käfer verwandeln und das sagte ich ihr.

»Aber dein Vater würde sich so freuen, wenn er es wüsste. Das ist doch ein großer Tag für dich, Hanna.«

»Nein! Du darfst es ihm nicht erzählen«, sagte ich und funkelte sie böse an.

Isabella lachte. »Wie du willst. Ich sage nichts. Aber ich finde, er sollte wissen, dass sein kleines Mädchen groß geworden ist.«

»Ich rede nie wieder mit dir, wenn du ihm das erzählst! Kapiert?«

Isabella verdrehte die Augen.

»Ja, natürlich, du Dramaqueen.«

Ich rief Jonna an und wir verabredeten uns vor Olssons Dorfladen. Der Weg dorthin führte an dem grau-weißen Haus vorbei, und ich hoffte, den polnischen Jungen wieder zu sehen, aber zu meiner Enttäuschung sah ich nur einen kleineren Jungen, der vielleicht sein Bruder war. Er musterte mich forschend, und ich fühlte mich ertappt, als könnte er meine Gedanken lesen.

Vor dem Dorfladen hingen die Zeitungen mit Lindas Foto. Die Haare fielen ihr auf die Schulter und ihre Wangen glänzten rosig. Sie lächelte selbstsicher in die Kamera. Ein triumphierendes Lächeln, wie es nur Mädchen haben, die niemals an ihrer eigenen Schönheit zweifeln. Aber als ich genauer hinsah, fiel mir auf, dass sie eigentlich nicht besonders fröhlich aussah. Ihre Mundwinkel wirkten angespannt.

Jonna kam wie immer zu spät, also lehnte ich mich an die rostrote Backsteinmauer des Ladens und kratzte einen Mückenstich auf meinem Arm auf. Mein Bauch tat längst nicht mehr so weh, aber mein ganzer Körper fühlte sich komisch an, irgendwie müde und aufgedunsen. Das Schlimmste war allerdings diese eklige Binde in meiner Unterhose. Ich hatte Angst, man könnte sie womöglich sehen, und hielt die Beine lieber fest zusammengepresst, obwohl ich ein dunkelblaues Baumwollkleid anhatte, durch das niemand durchschauen konnte. Außer vielleicht ein Superheld mit Röntgenblick.

Ich dachte gerade darüber nach, wie es wohl wäre, wenn wirklich ein Superheld meine Unterhose sehen würde, als ich ein Stück die Straße hinunter Krille auf seinem Fahrrad entdeckte. Sein rasierter Schädel und die eingefallenen Wangen erinnerten an einen Totenkopf. Ich überlegte kurz, mich im Laden zu verstecken, aber es war zu spät. Er hatte mich schon gesehen.

Die Augen, die mich fixierten, waren gruselig kalt. Er fuhr langsamer und formte lautlos mit dem Mund das Wort: S-c-h-l-a-m-p-e. Mein gesamter Unterleib verkrampfte sich vor Unbehagen. Ich senkte den Blick und hoffte, dass er mich in Ruhe ließ. Wenn ich mich still verhielt, würde er vielleicht vergessen, dass ich da war. Als ich wieder aufsah, war er schon weitergefahren. Ich betrachtete seinen Rücken und fühlte mich elend.

Kurz darauf kam Jonna. Ohne Eile schlenderte sie pfeifend über den Bürgersteig, die Hände in die Taschen ihrer Shorts gesteckt.

»Hallo! Wir haben noch Kaffee getrunken, deshalb hat es ein bisschen länger gedauert.«

»Ja, das habe ich gemerkt.«

»Ich musste erst noch ein paar Zimtschnecken essen, sonst hätte mein Bruder alle verputzt, bis ich wieder zu Hause bin.«

Ich lächelte gequält.

»Ein Jammer, jetzt hast du den ekelhaften Krille verpasst.«

»Was? Wann denn?«

»Er ist gerade eben auf dem Fahrrad vorbeigefahren und hat mich …«

Nein, ich konnte es nicht sagen. Nicht dieses ekelhafte Wort.

»Was hat er dich?«

» … elende Missgeburt genannt.«

Rosa Flecken flammten auf Jonnas Wangen auf.

»Ich hasse ihn! Wir sollten die Reifen von seinem Mountainbike aufschlitzen. Oder in die Umkleide gehen, wenn er beim Fußballtraining ist, und seine Klamotten kaputt schneiden.«

»Das wäre super«, sagte ich. »Aber dann würde er uns umbringen.«

Ich kniff die Augen zusammen, als könnte ich auf diese Weise die Erinnerungen ausblenden, aber es funktionierte nicht. Im Gegenteil. Es war genau, wie damals, als ich klein war und mich zwang, die Hand durch das Loch in den umgestürzten Baumstamm zu stecken, obwohl ich schreckliche Angst davor hatte, vom Dachs gebissen zu werden. Auf dieselbe Art zwang ich mich jetzt, an das zu denken, was an diesem schrecklichen Tag passiert war. Ließ die Szene in meinem Kopf wieder und wieder ablaufen.

Es war am Ende des Halbjahrs gewesen. Bis auf Matte und Krille, die noch auf ihren Mountainbikes herumkurvten, war ich die Letzte auf dem Schulhof. Ich beachtete sie gar nicht. Als ich an ihnen vorbeiging, rief Krille: »He, du Giraffe, hast du deine Klamotten bei Einar gekauft?«

Schrott-Einar wohnte im Wald und verkaufte in seinem Schuppen Schrott und Trödel. Angeblich war er hellsichtig und aß gebratene Ratten. Ich war noch nie dort gewesen und hätte mich auch nie getraut hinzugehen, aber das sagte ich nicht. Stattdessen starrte ich auf den Boden und tat so, als hätte ich die Frage nicht gehört.

»Hörst du nicht, dass wir mit dir reden, du Missgeburt?«, rief Matte mit seiner schrillen Stimmbruchstimme.

Ich lief schneller auf das Tor zu, aber ich hatte keine Chance, ihren schnellen Rädern zu entkommen. Krille legte direkt vor mir eine Vollbremsung hin, dass der Schotter gegen meine Schienbeine spritzte. Die beiden stiegen ab und bauten sich dicht vor mir auf. Matte packte meinen Oberarm. Seine schmutzigen Finger auf dem Stoff zu sehen, tat mehr weh als der Griff selbst. Es war meine neue Jacke, ich hatte sie gerade erst bekommen.

»Was für eine kleine Schlampe«, sagte Krille und dabei lag so etwas wie Hass in seinem Blick. Ich hatte ihm nie irgendwas getan, als würde ihn schon allein meine bloße Existenz reizen. Meine Secondhandkleider. Dass ich so groß war. Dass ich so eine scheißvornehme Stockholmer Mutter hatte.

»Seid nicht so kindisch«, sagte ich mit unsicherer Stimme und mein Herz hämmerte hart.

»Seid nicht so kindisch«, äffte Matte mich nach.

»Lass los!«, schrie ich.

Tränen stiegen mir in die Augen, aber ich blinzelte sie hastig weg. Sie durften mich auf keinen Fall weinen sehen. Als Krilles sehnige Hand versuchte, unter meinen Rock zu kriechen, schoss eine glühende Übelkeit in mir hoch und mein ganzer Körper wand sich wie ein Wurm. Seine Finger waren fordernd, und ich spürte, wie mir der Schweiß auf die Stirn trat. Matte ließ meinen Arm los und sah erschrocken aus, aber Krille schob seine Hand zielstrebig weiter. Als seine Finger den Bund meiner Unterhose erreichten, schämte ich mich so sehr, dass ich das Gefühl hatte, mich jeden Moment übergeben zu müssen.

»Verdammt, Krille, vergiss die. Die ist ja noch flach wie ein Brett«, hörte ich Matte sagen.

Für einen Moment war Krille abgelenkt und instinktiv beugte ich mich vor und biss ihn in seine andere Hand. Er schrie auf und ließ mich los. Ich drehte mich um und rannte weg, so schnell ich nur konnte. Ich hörte, wie sie mir hinterherriefen, aber ich schaltete meine Ohren aus. Seit diesem Tag achtete ich darauf, nie mehr alleine auf dem Schulhof zu bleiben.

OLSSON stand hinter der Theke und lächelte uns gutmütig an, als Jonna und ich in den Laden reinkamen. Er und seine Frau hatten das Geschäft in den Fünfzigern eröffnet und die Einrichtung sah immer noch genauso aus wie damals, mit Holzregalen, Gläsern voller Bonbons und alten Blechschildern.

»Hallo, Mädchen! Wieder ein Eis heute?«

»Eis kann man jeden Tag essen«, sagte Jonna.

»Ja, ihr Mädchen könnt es euch schmecken lassen! Ich muss mich beherrschen.«

Die Schürze spannte um seinen dicken Bauch, und ich hörte, wie schwer er in der Hitze atmete. Ich nahm mir ein eiskaltes Piggelin aus der Kühltruhe.

»Der August ist in diesem Jahr ungewöhnlich heiß«, sagte Olsson. Eine hartnäckige Fliege brummte um seine sonnenverbrannte Nasenspitze und er scheuchte sie weg. »Schrecklich, was da passiert ist. Mit Linda, meine ich. Ist sie eine Freundin von euch?«

»Nicht direkt«, sagte Jonna.

Olsson seufzte. »Nein, natürlich nicht. Linda ist wohl älter als ihr, nicht wahr? Es ist schrecklich, dass jemand einem Kind so was antut. Dass solche Menschen frei herumlaufen dürfen.«

»Einem Kind was antut?«, fragte Jonna.

Olsson sah erschrocken aus. »Ach, ich weiß selbst nicht so genau. Aber seid vorsichtig da draußen! Es gibt böse Menschen auf der Welt, vor denen muss man sich in Acht nehmen.«

Jonna und ich bezahlten unser Eis und gingen nach draußen. Nachdenklich lutschte ich an meinem Piggelin, während wir zum Wasserfall spazierten.

»Denkst du, Olsson meinte, dass jemand Linda entführt hat?«

Jonna senkte die Stimme. »Du musst mir versprechen, dass du es niemandem weitersagst, aber meine Mama meint, dass Linda vielleicht tot ist. Sie hat gehört, dass die Polizei Lindas Pulli im Wald gefunden hat. Er war total zerfetzt.«

»Vielleicht war es ein Tier?«

Jonna warf mir einen merkwürdigen Blick zu.

»Wieso sollte ein Tier einen Pulli zerfetzen?«

»Na ja, vielleicht hat sie ihn verloren und dann kam ein Wolf und hat den Pulli für eine Art Beute gehalten«, sagte ich hoffnungsvoll. Ich wünschte, es wäre so gewesen, aber Jonna sah skeptisch aus.

»Hier gibt es keine Wölfe, das weißt du doch selbst.«

Inzwischen hatten wir unser Eis aufgegessen und waren am Wehr angekommen. Das bernsteinfarbene Wasser schäumte und dröhnte und ich spürte den üblichen Sog in die Tiefe. Springen wäre so einfach, man musste nur über das Geländer klettern.

»Glaubst du, sie haben auch im See nach ihr gesucht?«

»Weiß nicht«, antwortete Jonna und beugte sich über das Geländer. Sie starrte nach unten in das rauschende Wasser, als würde sie nach etwas Ausschau halten. Dann richtete sie sich auf und zuckte mit den Schultern. »Ihr Pulli lag ja im Wald, dann ist sie sicher auch da ermordet worden.«

Ermordet. Schon allein das Wort klang beängstigend.

»Denkst du, der Mörder kommt hier aus Rydöbruk?«

»Das würde mich nicht wundern.«

Das Eis in meinem Magen fühlte sich furchtbar kalt an und ich schluckte.

»Wie unheimlich. Es könnte ja jeder gewesen sein …«

Jonna sah aufgeregt aus. »Wir könnten doch den Fall untersuchen? Vielleicht finden wir was raus und können der Polizei einen Tipp geben?«

Ich wand mich.

»Meinst du nicht, das ist gefährlich? Was ist, wenn der Mörder etwas merkt?«

Jonna spitzte nachdenklich die Lippen.

»Wir könnten uns verkleiden, dann erkennt er uns nicht.«

Ich zögerte, aber Jonnas Begeisterung war wie immer ansteckend.

»Aber wie sollen wir was rausfinden?«

»Wir spionieren zuerst bei Schrott-Einar. Stell dir mal vor, er würde sie in seinem Haus gefangen halten!«

Ich sah fette Ratten vor mir, die über dem Feuer brieten, und Berge von Schrott. Und mitten in dem ganzen Durcheinander einen alten Mann mit scharfen, gelben Zähnen, der mit einer Motorsäge auf uns zustürmte. Oder mit einer Axt! Der Gedanke, dorthin zu gehen, war nicht sehr verlockend. Wieder breitete sich ein ziehender Schmerz in meinem Unterleib aus und ich verzog das Gesicht.

»Was ist los?«, fragte Jonna.

»Nichts«, antwortete ich. »Aber sag mal, wollen wir nicht nachsehen, ob Sabina zu Hause ist? Vielleicht hat sie Lust mitzumachen?«

»Okay«, sagte Jonna. Dann fing sie an, laut und schief zu singen: »Jetzt gehen wir zu Sabina, hey-ho! Mit unseren blauen Schlüpfern am Po!«

JONNA verstummte schlagartig, als wir Priscilla sahen, die uns auf der Landstraße entgegenkam und einen großen Rollkoffer hinter sich herzog. Sie trug ein langes, geblümtes Kleid, ihre Nylonstrümpfe waren nach unten gerutscht und hatten sich um die Knöchel gerollt. Ihre Beine waren mit blau-lila Krampfadern übersät. Auf den ersten Blick glaubte man fast, sie hätte gemusterte Strumpfhosen an.

Sie hatte sich eine rosa Stoffblume in die schwarzen, hochtoupierten Haare gesteckt. Alle nannten sie Priscilla, weil die Frau von Elvis dieselbe Frisur hatte, aber natürlich hieß sie eigentlich ganz anders.

Einmal hatten wir sie durch ihr Küchenfenster gesehen. Sie hatte ein schmuddeliges Seidennachthemd an und tanzte ganz alleine. Wir versteckten uns hinter einem Busch und beobachteten sie: Ihre Lippen bewegten sich und sie schwang die Hüften. Plötzlich hielt sie inne, machte die Musik aus und fluchte laut vor sich hin: »Verdammte Russenteufel! Mein Kopf! Sie haben sich in meinen Kopf geschlichen. Diese Teufel!« Dann starrte sie aus dem Fenster und wir rannten brüllend vor Lachen davon.

Priscilla beachtete uns nicht. Sie glotzte auf den Boden und murmelte etwas Unverständliches vor sich hin. Jonna und ich tauschten einen Blick und unterdrückten einen nervösen Kicheranfall.

»Was, glaubst du, hat sie in ihrem Koffer?«, flüsterte Jonna, als Priscilla an uns vorbeigegangen war.

»Vielleicht eine Leiche«, antwortete ich und riss die Augen auf.

Jonna lachte. »Ich frage mich, warum sie immer dieses Teil mit sich rumschleppt. Ob sie darin ihr Essen nach Hause transportiert? Oder will sie wirklich verreisen?«

In meinem Kopf setzte ein romantischer Film ein. Darin war Priscilla ein junges Mädchen, das auf einen glutäugigen Mann mit elegantem Bart wartete. Die beiden schworen sich ewige Treue, aber dann musste er nach Russland fahren, um sich um seine sterbende Mutter zu kümmern. Er versprach, zurückzukehren und sie auf seine Ländereien zu holen, aber er kam nie. Vielleicht wurde er auf dem Weg von Straßenräubern ermordet? Oder er traf eine russische Gräfin, die viel reicher und schöner als Priscilla war? War sie vielleicht deshalb so sauer auf die Russen?

Sabina wohnte zusammen mit ihrer Mutter und den beiden kleinen Brüdern in einem hellblauen Holzhaus mit Veranda und kleinem Garten. Hinter dem Haus gab es ein Spielhaus und einen Sandkasten voller Katzenhaufen und Tannenzapfen. Sie waren erst vor zwei Jahren eingezogen. Als Sabinas Eltern noch verheiratet waren, lebten sie in einer großen Villa mit Wintergarten und Swimmingpool etwas außerhalb von Halmstad.

Jonna beugte sich vor und klingelte. Kurz darauf hörten wir leise Schritte und Sabinas Mutter machte uns auf. Sie hatte ein graumeliertes T-Shirt und eine lockere Trainingshose an. Ihre blondierten Haare waren unfrisiert und sie sah müde aus.

»Sabina ist nicht zu Hause.«

»Wo ist sie?«

»Das wüsste ich selbst gerne. Wenn ihr sie seht, richtet ihr bitte aus, dass sie nach Hause kommen, ihr Zimmer aufräumen und diesen Haufen dreckiger Klamotten waschen soll, der auf ihrem Bett rumliegt.«

Enttäuscht gingen wir wieder.

»Ich frage mich, wo sie sein kann …«, sagte Jonna.

»Vielleicht am See? Wollen wir hingehen und nachschauen?«

Auf dem Weg dorthin kamen wir wieder an dem Haus des polnischen Jungen vorbei. Ich hatte die Hoffnung, ihn wieder zu sehen, schon fast aufgegeben, als er plötzlich aus der Tür trat. Er hatte einen nackten Oberkörper und trug knielange Shorts. In den Händen hielt er einen Comic, als wollte er sich gerade im Garten in die Sonne legen. Als er uns sah, blieb er auf der Verandatreppe stehen. Er wirkte ertappt.

»Du wohnst noch nicht lange hier, oder?«, rief Jonna. Der Junge strich sich hastig den Pony aus dem Gesicht und sah verwirrt aus, aber dann nickte er stumm und ging die letzten Stufen nach unten.

»Wie heißt du?«, fragte Jonna.

»Janek«, antwortete er. »Und ihr?«

Jonna sagte ihren Namen, als wäre das die natürlichste Sache der Welt, während ich das Gefühl hatte, die Buchstaben würden sich auf meiner Zunge ineinander verhaken. Sie stolperten in meinem Mund herum und kamen viel zu spät heraus.

»Kommst du mit an den See?«, hörte ich Jonna zu meiner großen Verwunderung fragen.

»Nein, ich kann nicht. Ich muss auf meinen kleinen Bruder aufpassen. Ein andermal vielleicht«, antwortete er und lächelte schüchtern. Ich merkte, dass er mich ansah.

»Okay, dann bis bald!«, sagte Jonna, aber ich brachte kein Wort heraus. Als würden meine Muskeln ganz einfach nicht mehr funktionieren.

»Er kommt mir ein bisschen komisch vor«, sagte Jonna, als wir ein Stück weg waren. Mein Herz klopfte. Irgendwie war ich froh, dass ich nicht gesagt hatte, dass ich ihn süß fand.

Schon von Weitem war das Rauschen des kleinen Wasserfalls zu hören. Ich hielt nach Pfifferlingen Ausschau. Letztes Jahr hatte ich eine ganze Menge gefunden, leuchtend gelb wie Gold.

»Wir hätten Badesachen mitnehmen sollen«, sagte Jonna. Ich nickte, aber in derselben Sekunde fiel mir ein, dass ich die ganze Woche nicht würde baden können.

Als wir am See ankamen, erstarrte ich. Auf dem Felsen lag Sabina. Aber sie war nicht alleine.

Neben ihr lag Matte, die Hand auf ihrem braungebrannten Bauch. Dieselbe Hand, die mich auf dem Schulhof festgehalten hatte.

MATTE beugte sich vor und küsste Sabina. Ich konnte seine Zunge sehen. Ihre Spitze war ganz rosa und weich wie ein Hundepimmel. (Meine Oma hatte einen Hund, der manchmal die Beine von Menschen rammelte, und da hatte ich es gesehen.) Sie hatten die Augen zu, aber als sie Jonna und mich hörten, schauten sie auf.

»Was macht ihr denn hier?«, fragte Sabina, und ich fand, dass ihre Stimme anders klang. Irgendwie heller und schriller. Matte glotzte uns an, ohne etwas zu sagen. Ausnahmsweise wirkte er fast schon unbeholfen.

»Die Frage ist doch viel mehr, was du hier machst … Wir haben dich gesucht«, sagte Jonna.

Sabina setzte sich auf und warf uns einen ungeduldigen Blick zu.

»Aha. Und warum?«

»Deine Mutter hat gesagt, du sollst nach Hause kommen und dein Zimmer aufräumen«, sagte ich, aber noch im selben Moment, in dem die Worte meinen Mund verließen, bereute ich sie schon. Sabina zog eine alberne Grimasse und äffte mich nach: »Deine Mama hat gesagt, du sollst nach Hause kommen und dein Zimmer aufräumen.« Dann lachte sie laut und schaute Matte an, der grinste.

»Ich wollte nicht …«, setzte ich an, aber Sabina fiel mir ins Wort.

»Hanna, sei nicht immer so brav! Du musst mir nicht erzählen, was meine Mutter gesagt hat. Meine Mutter ist eine blöde Kuh!«

Bei diesen Worten zuckte ich zusammen. Auch wenn Sabinas Mutter total anstrengend sein konnte, wusste ich, dass Sabina sie liebte. Einmal hatte sie mir Fotos von einem Boogie-Woogie-Wettbewerb gezeigt, den ihre Mutter als Teenager gewonnen hatte. Auf den Bildern hatte sie einen fluffigen Pony und sah jung und fröhlich aus. Sabina war so stolz gewesen, als sie von diesem Wettbewerb erzählte.

»Wir haben dich ja auch gar nicht deshalb gesucht. Wir wollten dich was fragen«, sagte Jonna.

»Ach ja? Bestimmt was wahnsinnig Wichtiges?«

»Spielt keine Rolle mehr«, sagte Jonna und verschränkte die Arme. Dann runzelte sie die Augenbrauen und schaute zu mir.

»Komm, Hanna, wir gehen!«

Auf einmal glaubte ich, Angst in Sabinas Augen zu sehen. Ihre Stimme veränderte sich von einem Augenblick zum nächsten, sie wurde weich und honigsüß.

»Ich habe doch nur Spaß gemacht. Wollt ihr euch nicht setzen und ein bisschen mit uns rumhängen?«

Ich schüttelte den Kopf, aber Sabina nahm meine Hand und streichelte mir mit dem Daumen über den

Handrücken. Sie sah mich an, fordernd und flehend zugleich. Ich wusste, dass ich nicht darauf hereinfallen sollte, aber bei ihrer Berührung wurde ich weich. Ich konnte unmöglich länger sauer auf sie sein.

»Okay. Aber nur kurz«, sagte ich.

Jonna warf den Kopf in den Nacken.

»Also, ich gehe jetzt nach Hause!«

Ich sah Jonna bittend an, aber sie war nicht so nachgiebig wie ich. Eigentlich wusste ich, dass ich mit ihr hätte gehen müssen. Aber Sabinas Hand an meiner wog schwerer als jedes vernünftige Argument.

»Tschüss, ich ruf dich heute Abend an«, sagte ich und setzte mich neben Sabina.

Jonna marschierte los, und sogar von hinten sah man ihr deutlich an, wie wütend sie war. Sabina ließ meine Hand los und legte sich wieder hin. Sie lachte.

»Gott, die sah ja sauer aus! Typisch Rothaarige! Keine Ahnung, was sie jetzt schon wieder hatte.«

Matte warf mir einen unsicheren Blick zu, als wüsste er nicht so genau, ob er mich herablassend oder wie einen Freund behandeln sollte. Aber ich konnte an nichts anderes denken als an seine groben Finger um meinen Arm.

»Deine Haare sind in der Sonne so hell geworden. Das sieht total schön aus«, sagte Sabina zu mir.

»Danke«, sagte ich.

Komplimente waren mir immer unangenehm, so als wäre ich demjenigen, der sie gemacht hatte, etwas schuldig. Mir kamen sie vor wie Forderungen. Wenn mir jemand sagte, ich wäre hübsch, hatte ich das Gefühl, bei jeder späteren Begegnung genauso hübsch aussehen zu müssen. Ich bildete mir ein, dass derjenige bei meinem Anblick sonst denken würde: »Wie konnte ich nur jemals etwas an diesem hässlichen Mädchen finden?«

Ich legte mich auf den Felsen. Er war hart und unbequem. Die Gedanken kreisten in meinem Kopf wie ein Karussell. Ich dachte an Janeks nackten Oberkörper und daran, wie er mich mit seinen großen Augen angesehen hatte. Ich dachte an Linda und daran, wo sie jetzt sein mochte. Und ich dachte daran, wie absurd es war, dass ich genau in diesem Moment zwischen den Beinen blutete.

»Erde an Hanna! Hast du gehört, was ich gesagt habe? Denkst du, die Polizei wird Linda finden?«

Ich zuckte zusammen, als ich Sabinas Stimme hörte. Ihr Gesicht war viel zu dicht an meinem, ich konnte sogar die dunklen Poren auf ihrer Nase sehen.

»Ich weiß es nicht«, antwortete ich.

Matte fuhr sich mit der Hand über den rasierten Kopf.

»Linda und ich haben früher öfter mal was zusammen gemacht. Ich will ja nicht schlecht über sie reden oder so, aber wenn man sich jedem an den Hals wirft, muss man sich nicht wundern, wenn es übel endet. Genauso gut könnte man mit dem Portemonnaie in der Hand durch ein Zimmer voller Polen gehen.«

Er spuckte vor sich auf den Boden. Die kleinen Spuckebläschen platzten und Schleim lief zäh am Felsen hinunter.

Ich sah ihm an, dass er log. Linda hätte sich niemals mit einem Idioten wie ihm abgegeben. Aber Sabina sagte nichts, sondern lag nur mit halbgeöffnetem Mund da und langsam wurde ich wirklich sauer. Warum widersprach sie ihm nicht?

Matte beugte sich zu ihr und küsste sie. Angeekelt schaute ich weg. Das Ziehen in meinem Bauch hatte wieder angefangen und ich wollte nur noch von hier verschwinden. Ich stand hastig auf und für einen Moment wurde mir schwarz vor Augen. Wie eine Wolke winziger Mücken sah das aus, kleine, schwarze Punkte, die in der Sonne tanzten.

»Ich muss nach Hause, es gibt bald Essen«, sagte ich. Aus Angst, Sabina könnte mich wieder überreden zu bleiben, ging ich, ohne eine Antwort abzuwarten.

Aber Sabina versuchte nicht länger, mich zu drängen oder meine Hand zu nehmen. Stattdessen rief sie mir nach: »Wenn du meine Mutter siehst, sag ihr einen schönen Gruß. Ich räume mein Zimmer auf, wenn ich nach Hause komme. Aber erst muss ich mit meinem Freund knutschen!«

EINE Woche war vergangen und Papa war wieder zu Hause. Ich liebte es, wenn er sein hellbraunes Cordsakko in der Diele auf den Kleiderbügel hängte, die eckige Brille in die Stirn schob und sagte: »Na, wie geht es meiner Hannamaus heute?«

Er nahm mich in den Arm und ich rieb meine Nase an seiner Schulter. Er roch so gut nach Seife, Kautabak und Rasierwasser. Wenn ich neben ihm stand, fühlte ich mich klein, obwohl alle sagten, ich wäre so groß geworden.

Isabella hatte mir erzählt, wie Papa und sie sich das erste Mal begegnet waren. Schon als er auf einer Party bei gemeinsamen Freunden durch die Tür kam, war er ihr aufgefallen und schlagartig war alles andere im Raum unwichtig geworden. Als hätte er sie mit seinem schiefen Lächeln und seinen blauen Augen verhext.

»Ich sah ihn sofort, als er über die Schwelle kam. Und das lag nicht daran, dass er dermaßen riesig ist«, sagte sie.

Ich stellte mich auf Papas Füße und er marschierte mit mir durch die Diele, während ich mich lachend an seinen Hals klammerte. Isabella stand in der Küche und hackte Zwiebeln. Ihr liefen die Tränen herunter, als würde sie weinen. Als sie Papa sah, winkte sie ihm matt zu. Ich sah, dass er enttäuscht war.

»Kein Kuss heute?«, fragte er.

Sie hackte weiter Zwiebeln.

»Meine Augen tränen so schrecklich. Ich kann kaum was sehen. Wenn du einen Kuss willst, musst du herkommen.«

Papa schlenderte zu ihr, beugte sich vor und küsste sie auf den Hals. Sie drehte sich um, lächelte leicht und ich war erleichtert. Vielleicht würden sie heute nicht streiten.

Wenn Isabella wütend war, wurde sie meistens eiskalt, um dann plötzlich auszurasten und sich brüllend im Bad einzuschließen oder in ihre Werkstatt zu rennen und für Stunden zu verschwinden. Einmal schrie sie Papa an: »Ich weiß, dass du lügst! Du bist gemein! So verdammt falsch!«

Als sie sich wieder vertragen hatten, fragte ich, was sie damit gemeint hatte, dass Papa log, aber da sah sie zerknirscht aus und sagte: »Oft rutschen einem dumme Sachen raus, wenn man wütend ist. Ich weiß selbst nicht, was ich damit meinte.«

Wir aßen Hackbällchen mit Spaghetti und Isabella und Papa tranken tiefroten Wein aus hohen Gläsern. Ich schlürfte die langen Nudeln auf und freute mich, wenn mir Soße ins Gesicht spritzte, genau wie bei Susi und Strolch im Weihnachtsfilm.

»Also wirklich, Hanna«, sagte Isabella. »Du hast überall Tomatensoße. Nimm bitte die Serviette.«

Ich wischte mir den Mund ab und Papa lächelte mir

zu. Ich dachte, dass ich immer noch sein einzigartiges Kind war – Dag hatte Isabella, aber Papa gehörte vor allem mir.

Nach dem Essen saßen wir auf dem Sofa im Wohnzimmer und hörten uns eine alte Schallplatte von Nina Simone an. Unser Fernseher war kaputt, und da Isabella es herrlich fand, den Kasten los zu sein, hatte sie sich nicht darum gekümmert, ihn reparieren zu lassen.

»Dass heutzutage so viele Leute fett und dumm werden, liegt nur daran, dass sie zu viel rumsitzen und sich schlechte Fernsehserien und Zeichentrickschrott ansehen«, sagte sie immer.

Papa las in einer Gedichtsammlung und Isabella blätterte in einer Zeitschrift. Ich selbst las die Erinnerungen von Casanova, die ich im Bücherregal entdeckt hatte. Das Buch handelte von dem berüchtigten Verführer Casanova, der im 18. Jahrhundert gelebt hatte. Die Sprache war altmodisch und ziemlich schwierig, aber ich verschlang die vergilbten Seiten, auf denen er Nonnen, Herzoginnen und Dienstmädchen verführte.

Als Papa sah, was ich las, lachte er.

»Ist das wirklich die passende Lektüre für eine junge Dame?«

Isabella riss den Blick von ihrer Zeitschrift los und betrachtete mich mit einem schiefen Lächeln. »Casanova, ja, an den musste ich denken, als ich …«

Da klingelte das Telefon und im Zimmer nebenan wurde Dag wach und brüllte. Isabella legte ihre Zeitschrift aufs Sofa.

»Verflixt noch mal! Hanna, kannst du rangehen?«

Ich rannte in die Diele und nahm den Hörer ab.

»Hallo, hier ist Hanna«, sagte ich atemlos.

»Hallo, ich bin's. Ich wollte nur fragen, ob du morgen Zeit hast?« Es war Sabina und ihre Stimme war honigsüß.

Papa würde das ganze Wochenende zu Hause sein und ich wollte eigentlich nirgendwohin. Ich wollte einen Ausflug machen und vielleicht im offenen Kamin Äpfel braten.

»Ich weiß nicht, ob ich es schaffe«, sagte ich.

»Was heißt schaffen? Was hast du vor?«

»Papa und ich wollen einen Ausflug machen.«

Sie klang misstrauisch. »Den ganzen Tag?«

»Nein, aber ich weiß noch nicht, wie lange wir unterwegs sind.«

»Kannst du nicht hinterher zu mir kommen? Wir könnten uns in die Badewanne legen. Ich habe glänzende Duftkugeln im Bodyshop gekauft. Wenn du willst, wasche ich dir auch die Haare. Mama hat eine superluxuriöse Haarkur gekauft, die wir benutzen können. Und danach stecke ich dir die Haare hoch. Klingt das nicht total gemütlich?«

Der Zucker in ihrer Stimme ließ mich schmelzen. Ich liebte es, wenn sich jemand um meine Haare kümmerte.

»Okay«, sagte ich. »Nach dem Ausflug komme ich zu dir.«

Sabina klang zufrieden. »Super! Ruf an, sobald du wieder da bist!«

PAPA und ich machten keinen Ausflug. Er musste den Zaun reparieren. Ich saß im Garten und versuchte, Casanovas Erinnerungen weiterzulesen, aber eigentlich hatte ich schon keine Lust mehr. Isabella kochte Essen und Dag wackelte auf der Wiese herum. Papa nahm ihn auf den Arm und warf ihn in die Luft, bis er vor Vergnügen juchzte. Genervt blätterte ich um.

Ich überlegte, ob ich Sabina erzählen sollte, was Matte auf dem Schulhof mit mir gemacht hatte. Ich konnte einfach nicht verstehen, dass man einen solchen Idioten (wie Matte) gern haben konnte. So gesehen sah er ganz gut aus, er hatte durchtrainierte Fußballerbeine und ein selbstsicheres Grinsen, aber seine Augen waren leer und sein Blick dämlich. Ich fragte mich, worüber die beiden sich unterhielten, wenn sie alleine waren. Flüsterte er ihr Sachen ins Ohr? Sagte er ihr, sie wäre sexy und heiß? Oder redeten sie über Jungenthemen? Fußball, Motorräder und … tja, mehr fiel mir nicht ein. Aber vielleicht knutschten sie auch nur. Schmatzten mit ihren Zungen im Mund des anderen rum.

Wir aßen in der Gartenlaube zu Mittag: französischen

Kartoffelsalat mit Kapern und Wurst. Papas Gesicht war rot und verschwitzt vom Arbeiten. Er lud sich eine große Portion auf den Teller und aß schnell und konzentriert, als wäre sogar das Essen selbst ein Job. Isabella beobachtete ihn und mein Magen zog sich zusammen.

»Schmeckt's?«, fragte sie.

»Na klar«, antwortete er, ohne aufzuschauen.

Isabellas Augen weiteten sich.

»Schmeckt es nicht?«

»Ich habe doch gesagt, es schmeckt!«

Isabella seufzte und sagte nichts mehr.

Papa hatte ein geripptes Unterhemd an und darüber ein Jeanshemd. Die Ärmel hatte er aufgekrempelt, sodass man seine Tätowierung am Unterarm sehen konnte. Ein rothaariges Pin-up-Girl, eine Jugendsünde, wie er sagte, aber ich hatte sie immer gemocht.

»Papa, kannst du nicht noch mal erzählen, wie du zu deiner Tätowierung gekommen bist?«

Papa trank einen Schluck Bier und wischte sich mit dem Handrücken den Schweiß aus der Stirn.

»Kommt dir die Geschichte nicht langsam zu den Ohren raus?«, fragte er, aber er sah geschmeichelt aus. Ich wusste, dass er es liebte, von sich selbst zu erzählen. Er sah stolz und zufrieden aus – wie ein Löwe in der Abendsonne. Ich schüttelte den Kopf und piekte eine Olive mit der Gabel auf.

»Okay«, sagte er. »Mein Kumpel Niklas und ich zogen am Wochenende durch die Stadt. Ich hatte mir gerade eine zerschlissene, schwarze Lederjacke gekauft, die ich ununterbrochen trug. Ich weigerte mich sogar, sie in der Schule auszuziehen, weshalb ich von einer wütenden Lehrerin aus dem Unterricht geworfen wurde. Hellviolette Locken hatte sie.«

Ich konnte es vor mir sehen und doch wieder nicht. Papa als Teenager. Ich kannte Fotos aus dieser Zeit und damals trug er weder eine Brille noch braune Cordsakkos. Ich fragte mich, ob er mich gemocht hätte, wenn wir uns damals begegnet wären. Wenn ich in der Zeit rückwärtsreisen könnte, so wie in *Zurück in die Zukunft*, wo Michael J. Fox seiner eigenen Mutter begegnet und sie sich in ihn verliebt.

»Jedenfalls«, sagte Papa, »hatten Niklas und ich schon oft darüber geredet, uns tätowieren zu lassen, aber bis dahin hatten wir uns nicht getraut. An diesem Abend trafen wir ein Mädchen, das uns Zigaretten spendierte. Sie war ein paar Jahre älter als wir und so ein bisschen Rockabillymäßig angezogen, mit roten Locken und roten Lippen.«

Aus den Augenwinkeln konnte ich sehen, wie Isabella die Augen verdrehte.

»Wie alt war sie?«, fragte ich, obwohl ich die Antwort schon kannte. Aber ich wollte gerne die ganze Geschichte hören.

»Vielleicht neunzehn oder zwanzig. Ich glaube, sie fand uns zu jung, aber irgendwie süß. Ich fragte sie, ob ich einen Kuss bekäme, wenn ich mir ein Bild von ihr auf den Arm tätowieren lassen würde, und sie sagte ja.«

Ich lächelte und Papa fuhr fort:

»Sie begleitete mich zu dem Tätowierer am Masthuggstorg, ich ließ mir das Tattoo stechen und gab dafür das gesamte Geld aus, dass ich in den Sommerferien mit Zeitungaustragen verdient hatte. Als ich nach Hause kam, sind meine Eltern fast ausgeflippt.«

Ich stellte mir vor, wie Oma und Opa aufgebracht durch das Haus in Örgryte flatterten und Papa ausschimpften.

»Aber du hast den Kuss bekommen?«

»Oh ja, sogar mehrere. Ich hatte schon immer eine Vorliebe für reifere Frauen.«

Er schaute zu Isabella und zwinkerte ihr zu. Sie war neun Jahre älter als er. Früher hatte sie immer gewitzelt, dass sie Frischfleisch bevorzugte, aber in letzter Zeit wurde sie sofort sauer, sobald jemand Andeutungen über ihr Alter machte. Einmal, als meine Eltern sich stritten, behauptete Papa, sie würde ihn nur deshalb nicht verstehen, weil sie einer anderen Generation angehörte. Da hatte Isabella einen Obstteller an die Wand geschleudert. Aber jetzt grinste sie breit.

»Das liegt nur daran, dass du dich so gerne verwöhnen lässt, als wärst du noch ein kleiner Junge. Nicht wahr, Liebling?«

Sie sah gut gelaunt aus, aber in ihrer Stimme lag ein säuerlicher Unterton. Die Stimmung am Tisch kippte und das Lachen in Papas Augen erstarb. Warum musste Isabella sich immer so komisch benehmen und alles kaputt machen? Das Bild des wilden Fünfzehnjährigen verblasste und Papa sah müde aus. Obwohl er so viel jünger als Isabella war, war seine Stirn furchig und er hatte einen Anflug von Doppelkinn. Es machte mich traurig, das zu entdecken.

»Darf ich nach dem Essen zu Sabina?«, fragte ich.

»Ja, natürlich darfst du«, sagte Papa und sah enttäuscht aus. Aber das hatte er sich wirklich selbst zuzuschreiben, schließlich kümmerte er sich ja die ganze Zeit nur um seinen blöden Zaun.

SABINA machte sofort auf, als ich klingelte. Ihre braunen Bambi-Beine ragten aus kurzen Jeans und sie hatte ein rosa T-Shirt an, das viel zu groß war. Auf der Brust stand in Neonbuchstaben »I love Brighton«.

»Komm rein«, sagte sie.

Ihre Stimme klang eher müde als zuckrig. Wie Brotteig, der zu lange im Warmen gestanden hatte. Sie sah überhaupt überreif aus, als hätte sie bis eben in einem überheizten, schlecht belüfteten Zimmer geschlafen. Vielleicht merkte sie, was ich dachte, denn sie verzog den Mund.

»Und, war der Ausflug schön?«

»Wir haben nur einen langen Spaziergang gemacht. Nichts Besonderes.«

Sabina ließ die Wanne einlaufen und legte die glänzenden Badeperlen in das heiße Wasser. Sie schaukelten einen Moment an der Oberfläche, dann fingen sie an zu schmelzen und sanken auf den Boden. Es sah schön aus, wie sie sich auflösten und das Öl herausströmte. Wir zogen uns aus, und Sabina beugte sich vor, um die Wassertemperatur zu prüfen.

»Aber es ist was anderes passiert … eigentlich ist es ein Geheimnis«, setzte ich an.

»Hast du deine Tage bekommen?«, fiel Sabina mir ins Wort.

»Woher weißt du das?«

Sie lachte. »Ich hatte so eine Ahnung! Oh Mann, wie schön! Es war schon ein bisschen doof, die Einzige zu sein, die gelegentlich Badeverbot hat, wenn du verstehst, was ich meine.«

Nach Isabella war Sabina die Erste, der ich es erzählte. Ich hatte mich nicht mal getraut, das Wort Periode in mein Tagebuch zu schreiben, vor lauter Angst, jemand könnte heimlich darin lesen. Stattdessen schrieb ich es rückwärts. Edoirep.

»Jonna weiß es noch nicht«, sagte ich. »Ich hatte das Gefühl, sie würde es nicht so gut verstehen wie du.«

Sabina nickte. »Nein, das würde sie auch nicht. Ich mag Jonna total gerne, aber sie ist echt ein bisschen unreif. Ich meine, hast du ihre *boobs* gesehen? Sie ist noch nicht so weit entwickelt wie du und ich.«

»Kann sein«, antwortete ich und dachte zugleich, dass Sabina nicht so reden sollte. Obwohl ich ihr Recht geben musste, dass Jonna wirklich ein bisschen unreif war.

»Aber ist das nicht eklig? Hast du in der Woche davor auch diesen weißen Ausfluss?«, fragte Sabina und rümpfte die Nase.

»Nein, aber ich hatte es ja auch erst ein Mal.«

Wir setzten uns in die Badewanne und Sabina schrie laut, weil es zu heiß war. Ich mochte es, wenn das Wasser so heiß war, dass man kurz davor war, sich zu verbrühen. Erst brannte die Haut, aber dann fühlte man sich wie betäubt und wurde ganz ruhig. Sabina schöpfte Wasser mit ihren Händen und fuhr sich über den Kopf. Sie schloss die Augen und ihre dunklen Wimpern schmiegten sich an ihre Haut.

»Ich bin so schrecklich in Matte verliebt. Er ist einfach toll. Und er küsst wie ein Gott. Gestern haben wir stundenlang rumgeknutscht«, sagte sie.

Sobald ich Mattes Namen hörte, kehrte das vertraute Unbehagen in meinem Magen zurück. Sabina öffnete ihre mandelförmigen Augen und sah mich an.

»Du scheinst dich nicht sonderlich für mich zu freuen?«

»Doch, natürlich freue ich mich für dich. Aber da ist so eine Sache mit Krille und Matte passiert, die ich dir noch nicht erzählt habe.«

»Wovon redest du?«

Ich hatte ihr eigentlich alles sagen wollen, aber als ich ihr angespanntes Gesicht sah, brachte ich kein Wort mehr hervor. Sabina war eine meiner besten Freundinnen, aber sie hatte eine Seite, mit der ich noch nie umgehen konnte, eine Seite, die mir Angst machte. Einmal, als wir noch jünger waren, blockierte sie die Tür ihres Zimmers, als ich nach Hause fahren wollte, und sagte, sie würde meinen Vater umbringen, wenn ich nicht noch länger bleiben und mit ihr spielen würde.

»Jetzt sag schon, was es war.«

»Ist nicht so wichtig.«

»Hör schon auf! Sag es!«

»Okay, okay … sie haben mir hinterhergeschrien und gefragt, ob ich meine Kleider bei Schrott-Einar gekauft habe.«

Das Misstrauen verschwand aus Sabinas Augen und sie sah beinahe belustigt aus.

»Oh, wie fies! Aber mach dir nichts draus. Die sind eben so.«

Das kleine Badezimmer hatte keine Fenster und die Kacheln an der Wand waren deprimierend kackbraun. Der süßliche Duft des Badeöls stach in der Nase und der Wasserdampf klebte auf der Haut. Ich fühlte mich mit jeder Minute eingesperrter und plötzlich packte mich heftiges Heimweh. Ich wollte nicht länger hier sitzen und mit Sabina über meine Tage und Jungs reden. Ich wollte nach Hause und auf dem Sofa Bücher lesen. Und ich wollte, dass Papa wie an jedem Wochenende mit frischgebrühtem Tee und Scones zu mir kam.

Aber ich saß bei Sabina fest, wie die kleine Meerjungfrau auf dem Meeresgrund. Bei dem Gedanken schoss mir das Lied aus dem Disney-Film durch den Kopf: »Unter dem Meer, unter dem Meer«, und ich musste innerlich grinsen.

Wir ließen das Wasser aus der Wanne ab. Meine Haare hatten keine Kurpackung bekommen, aber ich hatte auch keine Lust, Sabina danach zu fragen. Plötzlich lachte sie auf.

»Ich zeig dir was Lustiges. Schau her!«

Sie lag auf dem Rücken und streckte ihre Beine weit hinter ihren Kopf, sodass ihr ganzes Geschlecht sichtbar wurde. Ich hatte noch nie ein anderes Mädchen auf diese Weise gesehen. Ich musste an ein seltsames, rosa-braunes Meerestier denken. Sah ich wirklich so aus?

»Kannst du dich nicht auch so hinlegen?«, fragte sie. »Ich will es auch mal sehen!«

Ich wurde rot, aber gleichzeitig spürte ich eine Art kribbelnder Wärme. Dieselbe Art von Wärme, wie wenn ich den Sex-Ratgeber in Sabinas Mädchen-Zeitschriften las. Aber das machte alles nur noch peinlicher. Ich schämte mich, weil Sabina etwas merken könnte und dann vielleicht glaubte, ich würde wollen, dass sie mich so sah. Das war doch nicht normal!

»Nein, ich hab keine Lust«, sagte ich.

»Komm schon, Hanna! Außer mir ist doch niemand da. Ich will nur wissen, wie es aussieht.«

»Können wir jetzt nicht was anderes machen?«, sagte ich verzweifelt und wünschte, sie würde endlich wieder ihre Beine runternehmen.

Sabina setzte sich hin und sah mich herausfordernd an.

»Hast du schon mal onaniert?«

»Nein«, antwortete ich und hoffte, dass sie mir nicht ansehen konnte, dass ich log.

»Was denn, noch nie?«

»Nein, natürlich nicht!«

Das erste Mal war vor einem Jahr gewesen, als ich zufällig entdeckt hatte, wie schön es war, den Duschstrahl zwischen die Beine zu richten. Dann fand ich heraus, dass es mit den Fingern genauso gut ging. Ich schlich mich in mein Zimmer und tat es schnell und leise, voller Angst, jemand könnte etwas hören. Ich hatte es sogar schon mal im Wald gemacht. Nachdem ich mich versichert hatte, dass niemand in der Nähe war, lehnte ich mich an einen Baumstamm, schob meine Hand in die Unterhose und schloss die Augen. Ich bemerkte nicht mal die Ameisen, die mein Bein hochkrabbelten.

Meistens fantasierte ich von Jungs. Nicht von denen aus der Schule, sondern von jungen Männern, deren Blicke mich durchbohrten, und von Händen, die überall gleichzeitig auf meinem Körper waren – meinen Schenkeln, meinem Po und meiner Brust.

Ich liebte dieses pochende, kribbelnde Gefühl. Aber danach kamen Scham und Unbehagen. Ich wusch mir gründlich die Hände, aber es schien nie richtig zu helfen, als würde immer noch Schmutz an meinen Fingern kleben.

Sabina sah enttäuscht aus. Sie gähnte und stand auf. Aus ihrem krausen Schamhaar tropfte Wasser in die Badewanne.

»Ich auch nicht … Ich finde es irgendwie eklig, an sich selbst rumzufingern. Warum sollte man so was tun, wozu gibt es schließlich Jungs?«

»Aber, du und Matte, habt ihr etwa ….«

»Nein, natürlich nicht!«

Wir standen auf und wickelten uns in die Handtücher.

In dem beschlagenen Spiegel sah mein Gesicht kantig und mager aus, aber meine Wangen waren schön rosig und meine Augen glänzten. Ich wartete darauf, dass Sabina sagte, sie würde sich jetzt um meine Haare kümmern. Aber vielleicht hatte sie es vergessen.

»Wolltest du mir nicht die Haare hochstecken?«, fragte ich schließlich.

»Ich bin müde. Weiß nicht, ob ich noch Lust habe.«

»Aber das wäre so schön.«

»Ja, ja! Okay.«

Wir gingen in Sabinas Zimmer und ich setzte mich auf den Stuhl vor ihren rosa Plastik-Schminktisch. An der Rückseite war ein runder Spiegel befestigt, den man drehen konnte, und daneben standen ein paar kleine Dosen mit Schmuck und ihre Porzellankatzen-Sammlung. Die Katzen waren ihr kostbarster Besitz und niemand außer ihr durfte sie anfassen. Die allerschönste Katze war weiß und saß auf einem rosa Daunenkissen.

Sabina bürstete mir die Haare. Kleine, genießerische Schauer liefen mir den Rücken herunter, als die Plastiknoppen der Bürste meine Kopfhaut berührten.

»Fühlt sich das gut an?«, fragte sie.

»Ja«, sagte ich und schluckte. Ich wollte nicht, dass sie merkte, wie sehr es mir gefiel. Als wäre der Genuss an sich etwas Verbotenes, Ekliges. Sabina betrachtete mich im Spiegel, abwartend, als würde sie in meinem Spiegelbild etwas suchen.

»Am See hat Matte etwas über dich gesagt, was ich dir eigentlich nicht erzählen darf …«

Noch bevor sie es ausgesprochen hatte, wusste ich, dass es mir nicht gefallen würde. Aber ich musste wissen, was er gesagt hatte, sonst würde ich nie aufhören können, darüber nachzudenken.

»Was denn?«

»Sei jetzt nicht traurig, aber er hat gesagt, er findet dich total hässlich.«

Mir drehte sich der Magen um.

Warum hasste Matte mich und warum wollte er mich immerzu verletzen? Ich kapierte es nicht!

»Ich habe dich natürlich verteidigt. Ich habe gesagt, Hanna sieht total süß aus«, sagte Sabina und fuhr fort, meine Haare zu bürsten, als wäre nichts gewesen.

Mit aller Kraft versuchte ich, die Fassung zu bewahren. Sabina durfte nicht erfahren, wie verletzt ich war. Hässlich, dachte ich. Er findet mich total hässlich – nicht nur ein bisschen hässlich, sondern *total hässlich*. Ich sah die Hexen aus meinen Märchenbüchern vor mir, ihre spitzen Kinne, ihre buckligen Rücken und krummen, warzigen Nasen.

»Aber wieso sagt er so was?«, fragte ich und hoffte, sie würde lachen und sagen, es wäre doch nur Spaß gewesen.

»Er findet dich zu dünn. Knochig. Und er sagt, deine Haare sehen strähnig aus.«

»Ich kapiere das nicht. Hat er das so gesagt? Dass meine Haare strähnig aussehen? Oder wie?«

»Ach, Hanna, jetzt sei nicht sauer! Ich habe ihm doch gesagt, dass ich dich süß finde! Wenn du willst, kann ich dir die Haare schneiden! Wenn die kaputten Spitzen weg sind, siehst du bestimmt total hübsch aus. Oder soll ich dir einen Pagenkopf schneiden? Das würde dir bestimmt supergut stehen.«

Irgendwo tief in mir wusste ich vielleicht sogar, dass ich nicht total hässlich war. Manchmal stellte ich mich abends, wenn ich alleine in meinem Zimmer war, nackt vor den Spiegel und betrachtete meinen Körper. In dem gelben Licht der Lampe sah meine Haut aus, als würde sie glühen. Dann war es, als würde ich aus meiner Puppe kriechen und mich in einen schimmernden Schmetterling verwandeln.

Aber jetzt fühlte ich mich betrogen, so als würde mit meinen Augen etwas nicht stimmen. Als wäre meine Haut in Wahrheit voller Warzen und Ekzeme, sichtbar für alle außer für mich.

LANGE, sommerblonde Haarsträhnen segelten auf den Boden. Sabina hatte mich vom Spiegel weggedreht, damit ich erst sehen konnte, wie es aussah, wenn sie fertig war.

»Du schneidest sie aber nicht zu kurz, ja?«

»Natürlich nicht«, antwortete Sabina. »Es wird schön. Du wirst genauso aussehen wie die Models in der letzten *Frida*.«

Als Sabina fertig war, stand ich nervös auf und drehte mich zum Spiegel. Obwohl ich auf eine große Veränderung vorbereitet war, war ich sprachlos. Das Mädchen, das mir entgegenblickte, sah ganz anders aus als die alte Hanna.

»Gefällt es dir?«, fragte Sabina. Sie kaute auf ihrer Unterlippe und schaute mich mit verschränkten Armen an.

»Ja, es ist total schön geworden«, sagte ich.

Der Pagenkopf endete direkt unter dem Kinn. Auf dem Heimweg hob ich die Hand und befühlte den kurzen Flaum in meinem Nacken. Mein Hals kam mir zerbrechlich und verletzlich vor, aber gleichzeitig fühlte ich mich frei. Als hätten die langen Haare mich versteckt.

Als ich nach Hause kam, saßen Isabella und Papa in

der Küche und tranken Kaffee. Als sich mich sahen, starrten sich mich an, als hätte ich mich in einen Außerirdischen mit Tentakeln und schleimiger, grüner Haut verwandelt.

»Aber Hanna! Was hast du getan?«, platzte Isabella heraus.

»Sabina hat mir die Haare geschnitten.«

Erst sah Isabella unzufrieden aus, aber nach einer Weile lächelte sie.

»Na ja, mit der Zeit wächst es ja wieder nach. Und eigentlich steht es dir. Du siehst ein bisschen aus wie dieses magere 60er-Jahre-Model mit den kurzen Haaren. Wie hieß sie noch gleich … Twiggy!«

Aber Papa sagte nichts. Er fuhr sich mit der Hand durch die gewachsten Haare und stand umständlich wie ein alter Mann auf. Er runzelte die Augenbrauen, als würde er über etwas nachgrübeln.

»Papa, gefällt es dir?«, fragte ich.

»Ja. Aber ich finde, du hättest noch ein bisschen damit warten können«, antwortete er. Dann ging er schnell an mir vorbei ins Wohnzimmer. Isabella stand auf und räumte die Kaffeetassen ab. Ich blieb stehen und schaute mich in der Küche um. Ich fühlte mich überflüssig. Als spielte es keine Rolle, ob ich zu Hause war oder nicht.

Ich drehte mich um und ging langsam die Treppe hoch, machte die Tür zu meinem Zimmer hinter mir zu und legte mich aufs Bett. Ich dachte daran, was Sabina gesagt hatte. Dass Matte mich total hässlich fand. Aber ich würde nicht weinen. Stattdessen zog ich den Reißverschluss meiner Jeans herunter und schob meine Hand in die Unterhose. Wenige Sekunden später waren Rydöbruk und die hasserfüllten Blicke der Fußballjungs weit weg. Sehr weit weg.

DIE Sommerferien, die einem am Anfang so unendlich lang vorkamen, wie ein Meer, bei dem man weder Anfang noch Ende sehen kann, waren fast vorbei. Linda war noch immer verschwunden und ihre Mutter wurde im Radio interviewt. Sie flehte die Hörer an, sich zu melden, falls sie wussten, wo sich ihre Tochter befinden könnte.

»Linda, wenn du das hier hörst … wir vermissen dich so, Liebling.«

Am Ende des Interviews fing sie an zu schluchzen. Es klang wie ein Tier. Ein kleines, eingesperrtes Tier. Ich spürte einen eiskalten Kloß im Magen und dachte an den zerrissenen Pulli im Wald, von dem Jonna erzählt hatte.

Am allerletzten Ferientag verabredeten Jonna und ich uns bei mir zu Hause. Sie war zu Besuch bei ihrer Oma in Bohuslän gewesen und wir hatten uns schon über eine Woche nicht mehr gesehen. Die Sommersprossen auf ihrer Nase waren noch mehr geworden und in ihren olivgrünen Shorts und dem weißen T-Shirt sah sie jungenhaft und frech aus.

Als wir uns gegenüberstanden, schien sie überrascht zu sein, aber sie sagte nichts zu meinem neuen Haarschnitt, obwohl natürlich klar war, dass sie es gar nicht übersehen haben konnte.

»Merkst du nicht, dass ich eine neue Frisur habe?«, fragte ich gereizt.

»Doch. Du siehst dir gar nicht mehr ähnlich.«

»Aha«, sagte ich enttäuscht. »Sabina gefällt es jedenfalls. Sie hat mir die Haare geschnitten.«

Jonna sah fast ein bisschen traurig aus.

»Es ist ja auch hübsch. Du wirkst älter.«

Wir saßen auf der Wiese in unserem Garten. Die Luft war schon kühler geworden und ich fröstelte. Jonna kam mir irgendwie komisch vor. Vielleicht war sie immer noch sauer, weil ich bei Sabina an der Badestelle geblieben war, statt mit ihr nach Hause zu gehen.

»Ich habe dir was mitgebracht«, sagte Jonna nach einer Weile und reichte mir eine braune Papiertüte.

»Danke«, sagte ich überrascht und öffnete die Tüte. Darin war ein Marmeladenglas, das mit einem Geschenkband verziert war. Es war mit rosa und grünen Bonbons gefüllt.

»Die schmecken nach Erdbeere und Rhabarber«, sagte Jonna.

»Wie lieb«, sagte ich. Ich dachte daran, was Sabina über Jonna gesagt hatte, wie unreif sie noch war, und mein schlechtes Gewissen versetzte mir einen Stich, weil ich ihr nicht widersprochen hatte.

»Willst du immer noch herausfinden, was mit Linda passiert ist?«, fragte ich.

»Willst du?«

»Ja, na klar. Ich habe ihre Mutter im Radio gehört. Sie hat alle um Mithilfe gebeten, und ich dachte, dass … Vielleicht finden wir was heraus, das wir der Polizei melden können.«

Jonnas Augen leuchteten, und zum ersten Mal, seit sie gekommen war, lächelte sie.

»Super! Wollen wir uns verkleiden?«

Wir gingen in mein Zimmer und zogen die Schublade mit den Verkleidungssachen unter meinem Bett hervor. Die meisten Sachen hatte ich schon seit Jahren und vieles war mit der Zeit dreckig geworden oder kaputt gegangen. Es gab Omas alte Nachthemden, selbstgebastelte Prinzessinnenkronen aus Pappe, ein Trollkostüm mit Schwanz und ein paar von Isabellas abgelegten Tüchern und Kleidern.

Wir zogen beide geblümte Nachthemden an und wickelten uns Tücher als Turban um die Haare. Dann gingen wir ins Bad und nahmen uns Isabellas Schminktäschchen. Eigentlich durften wir ihre Sachen nicht benutzen, aber wir machten es trotzdem immer. Wir zogen uns schwarze Linien um die Augen und schminkten uns knallrote Lippen. Zum Schluss puderten wir uns mit einer dicken Schicht Puder das Gesicht. Als wir fertig waren, sahen wir aus wie arabische Prinzessinnen.

»Kennst du den Weg zu Schrott-Einar?«, fragte ich Jonna.

»Nicht genau. Aber ich weiß ungefähr, wo er wohnt.«

Wir packten ein Fernglas, eine Lupe, Notizblock und einen Stift in Jonnas Rucksack und dann zogen wir los.

WIR kamen an großen Felsen und sumpfigen Mooren vorbei, es duftete nach nassem Moos. Anfangs kannte ich mich noch aus, aber dann wurde mir der Wald fremd.

An einer Stelle leuchtete das Moos hellgrün. Es war so hübsch, dass ich gar nicht anders konnte, als mich hinzuknien, um es zu berühren. Ich spreizte die Finger und drückte meine Hand in das Grün. An einer anderen Stelle entdeckte ich Hexenbutter, einen Pilz, der aussieht wie gelber Schleim. Papa hatte mir beigebracht, wie er hieß. Ich zeigte ihn Jonna und sie untersuchte ihn mit der Lupe.

»Vielleicht ist Linda von einer Hexe entführt worden«, sagte sie und sah dabei so ernst aus, dass ich nicht kapierte, dass sie nur einen Witz gemacht hatte.

»Du spinnst ja«, sagte ich und sie lachte.

Wir liefen tiefer in den Wald, und obwohl es erst Nachmittag war, wurde es um uns herum immer dunkler. Ein rotes Eichhörnchen flitzte mit seinen scharfen, kleinen Krallen einen Baumstamm hoch. Ein Stück weiter glaubte ich im hohen Gras eine Schlange zu erkennen, aber vielleicht war es doch nur ein Zweig.

»Ich glaube, wir sind falsch abgebogen.«

»Nein, das glaube ich nicht«, sagte Jonna.

»Wollen wir nicht lieber langsam umkehren, nicht dass wir uns verlaufen!«

Jonna seufzte.

»Nein, dann wäre ja alles umsonst gewesen. Komm jetzt!«

Sie marschierte mit großen, entschlossenen Schritten weiter, und mir blieb nichts anderes übrig, als ihr zu folgen. Aber dann sahen wir mitten im Wald ein schiefes Holzschild, auf dem »Schrotthandel & Trödel« stand. Ein Pfeil zeigte in einen schmalen, geschotterten Weg.

Ich nahm Jonnas Hand.

»Wollen wir nicht lieber doch nach Hause?«

»Nein, jetzt, wo wir so nah dran sind, müssen wir auch hingehen«, flüsterte Jonna aufgeregt.

Wir folgten dem Schotterweg und kurze Zeit später kamen wir an ein gelbes Holzhaus mit rauchendem Schornstein. Dafür, dass es einem mordlüsternen Psycho gehörte, sah es überraschend gewöhnlich aus, aber vielleicht kam der Rauch ja von dem Feuer, über dem er sich die Ratten grillte.

Vorsichtig schlichen wir näher. Jonna packte das Fernglas aus und sah sich damit um. Neben dem Haus war ein Schuppen, auf dem mit roter Farbe »Schrotthandel & Trödel« stand.

»Traust du dich rein?«, fragte ich.

»Ja, wir müssen herausfinden, ob er sie irgendwo da drinnen versteckt hat.«

Durch eine offene Tür schlüpften wir in den Schuppen. An den Wänden lehnten alte Rasenmäher, rostige Gartengerätschaften und Traktorreifen. Mitten im Raum stand ein langer Tisch, vollbeladen mit Küchenkrempel, Nippes und geflochtenen Körben, in denen Spitzendeckchen und Topflappen lagen. Ich liebte Flohmärkte, und wäre das alles nicht so unheimlich gewesen, hätte ich gerne in den Sachen gestöbert. Aber vor Aufregung musste ich aufs Klo und wollte nur noch weg. Jonna dagegen schien überhaupt keine Angst zu haben, sondern sah sich ganz gelassen um, als wären wir bei einem netten Onkel zu Besuch und nicht bei einem wahnsinnigen Mörder.

Von draußen drang ein dumpfer Knall in den Schuppen, als hätte jemand eine Haustür zugeschlagen, dann hörten wir Schritte näher kommen. Schwere Holzclogs, die über den Kies schlurften. Mein Herz raste und ich zog Jonna am Nachthemdärmel. Ihre Augen waren weit aufgerissen.

»Schnell, wir rennen!«

»Das schaffen wir nicht«, keuchte ich. »Wir müssen uns hier drinnen verstecken.«

»Nein, komm schon«, zischte Jonna und griff meine Hand.

Wir liefen zum Ausgang, aber kaum waren wir durch die Tür, mussten wir schon stehen bleiben. Vor uns stand Schrott-Einar. Ein Mann Mitte sechzig in zerschlissenen Jeans und Karohemd. Er hatte graubraune Bartstoppeln, ungewaschene Haare und seine Mundwinkel waren eingerissen.

»Seid ihr aus dem Zirkus geflohen?«, fragte er und grinste.

Ich schüttelte den Kopf.

Er runzelte die buschigen Augenbrauen.

»Das hier ist kein Spielplatz! Da drinnen stehen gefährliche Geräte, an denen man sich verletzen kann, wenn man nicht vorsichtig ist.«

Genau in diesem Moment entdeckte ich etwas, das mir das Blut in den Adern gefrieren ließ. An die Hauswand gelehnt stand ein Gewehr. Auf dem Boden daneben glänzte eine dunkelrote Pfütze. Als wäre bis eben noch Blut heruntergetropft.

Wir warteten nicht auf die Fortsetzung. Wir rannten, so schnell wir konnten, auf dem Schotterweg davon. Schrott-Einar stolperte hinter uns her und rief: »Habt ihr etwa was geklaut? Man muss für die Sachen bezahlen!«

Meine Beine verhedderten sich im Nachthemd, aber ich wagte es nicht, stehen zu bleiben. Ich sah nur immerzu das Gewehr und die Blutlache vor mir. Erst als wir den Schotterweg hinter uns gelassen hatten und wieder im Wald waren, blieben wir stehen und holten Luft.

»Er hätte uns umbringen können«, sagte Jonna keuchend.

»Meinst du wirklich?«, fragte ich und Angst legte sich wie eine eisige Hand um mein Herz. Wie konnten wir nur so idiotisch sein und uns alleine hierherschleichen? Wir hätten besser die Polizei angerufen. Ich wollte mir gar nicht vorstellen, was wäre, wenn Isabella und Papa gewusst hätten, wo ich war. Sie hätten sich zu Tode gesorgt.

»Das ist doch wohl klar«, sagte Jonna und rückte ihren Turban, der auf die Seite gerutscht war, zurecht.

»Was ist, wenn er nach uns sucht?«, fragte ich.

Jonna nickte.

»Ja, am besten sehen wir zu, dass wir hier wegkommen!«

Wir liefen los, in die Richtung, aus der wir glaubten, gekommen zu sein. Vergeblich versuchte ich, etwas wiederzuerkennen – einen Stein, einen Ameisenhaufen, einen knorrigen Baum oder irgendetwas sonst. Aber alles sah so gleich aus. Der Wald kam mir plötzlich endlos vor, als würden wir einfach nur gehen und gehen, ohne dass sich je etwas veränderte. Langsam wurde es dämmrig und in der Ferne war das unheimliche Rufen einer Eule zu hören. Die Fichtenzweige sahen aus wie knochige Hexenarme und mein Herz schlug kleine, panische Trommelwirbel.

»Oh nein«, wimmerte ich. »Wir haben uns verlaufen!«

»Bleib ruhig. Sehr weit können wir nicht gegangen sein«, sagte Jonna. Sie war vielleicht unreif, aber hier und jetzt war ich froh, dass sie neben mir stand und nicht Sabina. Jonna war bei den Pfadfindern und von uns dreien fand sie sich im Wald am besten zurecht.

Wir setzten uns auf einen Stein, und ich betete stumm zu Gott, dass wir den Weg finden würden, bevor der Mörder uns entdeckte. Jonna runzelte die Stirn.

»Wir sind eben an einem Ameisenhaufen vorbeigekommen ... Bei den Pfadfindern haben wir was über Ameisenhaufen gelernt. Ich glaube, es hieß, die wären immer auf der Südseite eines Baumes. Und wir wollen nach Süden, also müssen wir da lang.«

Sie zeigte die Richtung an und wir standen auf. Eine ganze Weile gingen wir schweigend nebeneinander her. Je dämmriger es wurde, umso nervöser wurde ich. Außerdem bekam ich langsam Hunger. Ob meine Familie schon am Tisch saß und wartete? Vielleicht hatte Papa sogar Pizza gebacken? Das machte er an den Wochenenden oft. Und ich war nicht zu Hause! Es war so schrecklich, dass ich am liebsten losgeheult hätte.

»Hanna, hier kennst du dich doch wohl wieder aus?«, sagte Jonna plötzlich und lächelte. Ich wurde aus meinen tränentriefenden Fantasien gerissen und sah mich um. Ohne zu begreifen, wie, waren wir auf die dunkle Landstraße gekommen, die nach Hause führte.

ALS wir durch die Tür stürmten, war es unerwartet still im Haus. Ich hatte gehofft, Isabella und Papa würden kochen, der Ofen hätte die Küche gewärmt und es würde nach Oregano und Basilikum duften. Aber die Küche war dunkel und leer und kein Essen weit und breit.

»Hallo?«, rief ich, aber ich bekam keine Antwort.

Ich rief noch mal, dieses Mal lauter. Erst da bemerkte ich dumpfe Geräusche im Schlafzimmer. Isabella kam in die Küche. Sie hatte einen seltsamen Gesichtsausdruck. Ihre Augen glänzten feucht und die offenen Haare hingen ihr wie eine verworrene Gardine vors Gesicht.

»Wo sind Papa und Dag?«, fragte ich.

Isabella sah mich mit einem überraschend trotzigen Blick an, den ich nicht verstand. Aber ich begriff, dass sie eher wütend als traurig war.

»Dag schläft und Frank ist soeben nach Göteborg gefahren.«

»Aber warum hat er nicht auf mich gewartet? Er wollte doch erst morgen fahren?«

Isabella schaute verlegen zu Jonna, die uns im Hintergrund beobachtete.

»Darüber können wir später reden. Aber Jonna sollte jetzt besser nach Hause gehen. Es ist schon spät, und ihr müsst morgen früh aufstehen, die Schule fängt schließlich wieder an. Und was ist das überhaupt für eine schreckliche Schminke?«

Nachdem Jonna von ihrer Mutter abgeholt worden war, trank ich ein Glas Milch und aß ein Käsebrot. Ich war hungrig, aber der Appetit war mir vergangen. War Papa wirklich einfach so verschwunden, ohne zu Abend zu essen und sich zu verabschieden? Sonst nahm er mich immer in den Arm, bevor er fuhr, und hupte drei Mal, wenn er auf die Straße bog.

Isabella hatte sich einen Pferdeschwanz gemacht und sah ein bisschen frischer aus. Sie kochte Tee, und ich fand, sie wirkte wieder wie immer. Aber als ich noch einmal fragte, warum Papa einfach gefahren war, bekam ihr Blick etwas Panisches.

»Es ist alles in Ordnung. Er musste nur ein bisschen früher zur Arbeit. Geh jetzt schlafen!«

Als ich oben war, wählte ich die Nummer von Papas Wohnung in Göteborg, aber es nahm niemand ab.

DIE sechste Klasse war anders. Krille und Matte hatten auf die Mittelschule in Hyltebruk gewechselt, sodass ich keine Angst mehr haben musste, ihnen in den Pausen zu begegnen. Stattdessen waren jetzt wir die Ältesten und Coolsten der Schule. Das redete ich mir zumindest ein, als ich morgens aufstand und mir die Sachen anzog, die ich mir am Abend vorher rausgelegt hatte. Die Jeans waren genauso alt wie das gestreifte T-Shirt, aber meine neue Frisur sorgte dafür, dass ich mich im Spiegel trotzdem kaum erkannte.

Auf dem Schulweg spähte ich in Janeks Garten. Die Nähe zu seinem Haus hob meine Laune. Der Gedanke, dass er dort drinnen war und jederzeit rauskommen und mich sehen könnte, gefiel mir. Gleichzeitig hatte ich Angst, dass genau das passierte. Womöglich schnürte sich dann mein Hals zu und ich würde außer einem heiseren Krächzen keinen Ton herausbringen? Ich fragte mich, wie es sein würde, ihn in der Schule zu sehen. Vermutlich erkannte er mich nicht mal mehr.

Jonna und ich hatten uns vor dem Schultor verabredet. Wie jeden Tag seit der ersten Klasse. Damals hatte

Matte geschrien: »Schaut mal, da kommen die Lesben! Geht ihr etwa auch zusammen pinkeln?« Was wir ja wirklich taten, aber wir hatten uns nie Gedanken darüber gemacht, dass daran irgendetwas komisch oder falsch sein könnte.

»Hallo«, rief Jonna fröhlich und winkte. »Warum war deine Mutter gestern so seltsam? Ist was passiert?«

»Was meinst du damit? Sie war doch nicht seltsam?«

»Ich fand, es wirkte, als ob … ach, egal, vergiss es. War das nicht gruselig im Wald? Ich musste die ganze Nacht an diesen ekelhaften Kerl denken. Stell dir mal vor, er hätte uns erwischt!«

Ich nickte. Aber gestern war schon wieder so weit weg, wie ein unangenehmer Traum. Mir kam es vor, als hätte sich jemand anderes geschminkt und verkleidet, nicht ich. Als wäre jemand anderes durch den Wald gerannt und vor dem Mann weggelaufen.

Wieso hatte ich das alles überhaupt mitgemacht? Das hier war kein spannendes Spiel, das war Ernst! Jonna bildete sich ein, alles zu wissen, aber in Wirklichkeit war sie noch ein Kind, das weder zwischen den Beinen blutete noch einen Vater hatte, der plötzlich und ohne Erklärung verschwunden war.

Linda war auch verschwunden und würde vielleicht nie mehr zu ihren Eltern zurückkehren. Ich wünschte so sehr, ich hätte diesen Blutfleck nie gesehen.

UNSERE Klassenlehrerin Ann-Louise Carlsson trug ein kirschrotes Kostüm und Pumps in derselben Farbe, die bei jedem Schritt klackerten. Um den Hals hatte sie sich einen hellgelben Seidenschal geschlungen, der zu ihren Haaren passte. Sie sah aus wie eine Frau aus einer Fünfzigerjahre-Werbung, die sechzig geworden war, ohne ihren Bekleidungsstil zu ändern.

»Willkommen im neuen Schuljahr, liebe Schüler! Wie schön, euch wiederzusehen! Wir haben einen neuen Mitschüler in der Klasse, er heißt Janek und wird heute in der Sechsten anfangen. Ich hoffe, ihr kümmert euch um ihn, damit er sich hier bei uns gleich willkommen fühlt«, sagte sie lächelnd.

Alle im Klassenzimmer drehten sich um und musterten den Neuen, der betreten auf die Tischplatte starrte. Hier im Klassenzimmer wirkte er ganz anders, als ich ihn in Erinnerung hatte. Er trug dunkelblaue Cordhosen und ein hellblaues Hemd, das bis zum Hals zugeknöpft war, als hätten seine Eltern ihn gezwungen, sich für den ersten Tag in der neuen Schule fein zu machen. Er hatte einen kantigen Unterkiefer, aber seine sonnengebräunte Haut sah weich aus. Ich stellte mir vor, wie es sich wohl anfühlte, ihn zu berühren. Es war bestimmt, wie am Strand zu liegen, und wenn man ihn mit den Lippen berührte, schmeckte er nach Meer.

Die anderen drehten ihre Gesichter wieder zum Pult und hörten weiter zu, aber ich konnte mich nicht länger darauf konzentrieren, was Ann-Louise sagte. Stattdessen schaute ich insgeheim ununterbrochen in Janeks Richtung, als wäre er ein Magnet und ich eine willenlose Schraube. Schließlich hob er den Kopf und bemerkte mich. Ein kleines Lächeln umspielte seinen Mundwinkel und ich lächelte zurück.

Mit klopfendem Herzen drehte ich den Kopf wieder nach vorne und versuchte, so auszusehen, als würde ich mich konzentrieren. Ich beugte mich über mein Ringbuch und tat, als ob ich etwas schrieb, aber in Wirklichkeit kritzelte ich nur haufenweise Schnörkel aufs Papier.

In der Pause gingen Sabina, Jonna und ich zum Klettergerüst. Es hatte eine Rutsche und verschiedene Holzplattformen, auf denen man sitzen konnte. Die überdachte gehörte uns. Mit einem Taschenmesser hatten wir unsere Namen in die Wände geritzt.

Sabina machte eine rosa Kaugummiblase und ließ sie platzen.

»Seid ihr bescheuert? Ihr seid doch keine fünf mehr! Wenn euch jemand in dem Aufzug gesehen hätte!«, sagte sie, als Jonna ihr beschrieb, was am Tag vorher bei Schrott-Einar passiert war.

»Bist du doof? Wenn wir uns nicht verkleidet hätten, dann hätte er uns ja erkannt«, protestierte Jonna.

Sabina sah nachdenklich aus.

»But seriously, glaubt ihr wirklich, dass er Linda ermordet hat?«

Jonna nickte. »Ja, du hättest die Sachen in dem Schuppen sehen müssen. Messer und Äxte und alles Mögliche. Das war total unheimlich.«

In meinem Kopf tropfte das Blut und bildete eine immer größere Pfütze. Tropf, tropf, tropf. Jetzt floss es in Strömen. Ich hätte sie am liebsten angeschrien, damit sie den Mund hielt, ich wollte nie wieder über diesen schrecklichen Ort sprechen.

»Es ist nicht gesagt, dass Linda tot ist«, sagte ich.

Jonna sah mich enttäuscht an.

»Nein, aber meine Mama sagt, dass …«

»Es ist mir egal, was deine Mama sagt!«

Sabina und Jonna starrten mich erstaunt an.

»Sie ist schließlich keine Polizistin«, murmelte ich.

Jonna presste die Lippen zusammen und schwieg beleidigt. Aber im Moment war mir das total gleichgültig. Ich schielte lieber heimlich zu Janek und wünschte, er würde in meine Richtung gucken. Er hatte Kopfhörer auf und stand alleine unter einer der Kiefern. Ich dachte gerade darüber nach, ob ich es wagen sollte, zu ihm zu gehen und ihn zu fragen, was er da hörte, als Sabina mit der Hand vor meinem Gesicht herumwedelte.

»Hanna! Jetzt bist du schon wieder so abwesend! Was ist denn in letzter Zeit mit dir los?«

»Hast du was gesagt? Ich habe nichts gehört.«

»Ich sagte gerade, dass Matte mich heute nach der Schule abholt. Wir wollten zum See und uns ein bisschen abkühlen. Hast du Lust mitzukommen?«

»Ich weiß nicht.«

»Wie, ›ich weiß nicht‹?«

Ich überlegte kurz, ob ich ihr die Wahrheit sagen sollte, dass ich mich lieber in eine stinkende Güllepfütze legen würde, als auch nur eine Sekunde mit Matte zu verbringen. Aber stattdessen log ich (wie gewöhnlich), um sie milde zu stimmen.

»Wir haben Verwandte zu Besuch, deshalb muss ich nach Hause.«

»Ich kann auch nicht. Mein Onkel kommt«, warf Jonna eilig ein. Sabina wickelte eine glänzende Haarsträhne um ihren Finger. Sie sah so enttäuscht aus, dass sie mir fast leidtat.

»Wie schade. Matte meinte, er könnte vielleicht ein paar Jungs aus seiner neuen Klasse mitbringen. Ich dachte, ihr würdet sie vielleicht gerne kennenlernen. Oder wollt ihr nie einen Freund haben? Immerhin sind wir inzwischen in der Sechsten.«

Jonna schnaubte.

»Nein, zumindest nicht, wenn er wie Matte ist.«

Sabina lachte. Aus irgendeinem Grund wurde sie auf Jonna nie so sauer wie auf mich.

»Schon, aber hier gibt es einfach keinen, der mich interessiert«, sagte ich. Aber das war natürlich noch eine Lüge. Niemals hätte ich Sabina gegenüber zugegeben, dass ich in Janek verknallt war, denn dann hätte sie mir wahrscheinlich alles kaputt gemacht. Sie hätte gelacht und gesagt, dass seine Klamotten unmodern waren, oder sich darüber lustig gemacht, dass er Pole war. Oder, und das wäre am allerschlimmsten gewesen, sie hätte selbst mit ihm geflirtet.

ALS ich nach Hause kam, saß Isabella auf der blauen Holzbank vor dem Haus und rauchte. Sie sah erschöpft aus, und ich beobachtete ihre Hand, als sie die Zigarette zum Mund hob. Irgendetwas stimmte nicht.

»Wie war es in der Schule?«, fragte sie in einem Tonfall, der durchblicken ließ, dass ihr die Antwort eigentlich egal war.

»Gut«, erwiderte ich und setzte den schweren Rucksack voller neuer Schulbücher und Hefte ab. Ich legte ihn auf die Wiese und streckte meinen Rücken. Dag wackelte auf mich zu und hielt mir ein Grasbüschel vor die Nase.

»Hallo, Pferd! Friss!«, sagte er.

»Nein, ich mag kein ekliges, altes Gras. Ich bin kein Pferd«, antwortete ich und schob ihn weg. Dags große, blaue Augen wurden feucht und sein kleines, rundes Kinn zitterte. Isabella runzelte die Stirn.

»Hanna, kannst du nicht wenigstens mal mit deinem kleinen Bruder spielen? Du bist inzwischen so groß, dass du hier zu Hause ruhig ein bisschen Verantwortung übernehmen könntest. Oder soll ich hier alles alleine machen?«

»Ich bin gerade eben aus der Schule gekommen. Ich

schaffe es nicht, jetzt noch irgendwelche albernen Spiele zu spielen. Ich bin müde, kapierst du das nicht?«

Isabella stand auf und schnippte die Zigarettenkippe in einen Blumentopf. »Wie kommst du darauf, dass nur du hier müde bist? Ich habe die ganze Nacht kaum geschlafen, weil Dag immer wieder aufgewacht ist und mich geweckt hat!«

Der Zorn in ihrer Stimme überrumpelte mich, am liebsten hätte ich losgeheult. Warum war sie immer so verdammt ungerecht?

»Es war nicht meine Idee, sich noch ein Kind anzuschaffen!«, schrie ich und rannte ins Haus, die Treppe hoch in mein Zimmer.

Ich sah mich um. Dann nahm ich eine der Porzellanpuppen, die ganz oben auf dem Bücherregal saßen, und schleuderte sie auf den Boden. Das Klirren, als die zerbrechliche Hand der Puppe auf den Boden prallte, ließ mich zusammenzucken, aber es hielt mich nicht auf. Es machte mich nur noch verzweifelter.

Ohne nachzudenken, riss ich mit der Hand eine ganze Reihe Bücher auf den Boden. Es waren Bücher, die ich mochte, Bücher, die ich mir zu Geburtstagen und Weihnachtsfesten gewünscht hatte. Als ich sie kreuz und quer und mit zerfledderten Seiten auf dem Boden sah, kam es mir vor, als würde da mein Leben liegen, und ohne dass ich richtig begriff, warum, stieg eine enorme Trauer in mir auf. Ich legte mich aufs Bett und weinte.

Nach einer Weile hörte ich Schritte auf der Treppe. Ich wappnete mich gegen Isabellas Vorwürfe, aber es kamen keine. Stattdessen setzte sie sich vorsichtig aufs Bett. Sie streichelte mir über die Wangen und seufzte: »Es tut mir leid, dass es so gekommen ist, Hanna. Ausgerechnet an deinem ersten Schultag.«

Sie hielt sich die Hand vor den Mund, und es sah aus, als wäre irgendetwas tief in ihrem Inneren im Begriff, kaputt zu gehen. »Oh, Hanna!«, platzte sie heraus.

Sie sah so unglücklich aus, dass ich vergaß, wie wütend ich auf sie war.

»Verzeih mir, meine Kleine. Natürlich musst du dich nicht um Dag kümmern. Aber er hat seine schöne, kluge, große Schwester so lieb. Es macht ihn so unheimlich glücklich, wenn du mit ihm spielst.«

»Ich hab ihn ja auch lieb«, antwortete ich mit belegter Stimme.

Isabella nahm mich in den Arm. Als sie losließ, sah sie erleichtert aus.

»Das weiß ich. Aber sag, wie kommt es eigentlich, dass du mich nicht mehr Mama nennst?«

»Weil du mich darum gebeten hast. Du hast gesagt, dein Name wäre Isabella und nicht Mama und dass du auch nicht Mama heißen willst.«

Isabella lachte. »Das habe ich wirklich gesagt? Du weißt doch, wie oft ich Blödsinn rede. Manchmal ist es nur so … wenn man ein Kind bekommt, sehen alle nur noch die Mama. Da vergisst man leicht, wer man war, bevor man Kinder hatte. Dass man auch noch ein anderes Leben mit anderen Interessen hatte. Wahrscheinlich habe ich das gemeint. Aber du darfst natürlich furchtbar gerne wieder Mama zu mir sagen, wenn du magst, das weißt du doch, nicht wahr, mein Herz?«

»Ja, okay«, sagte ich. Aber ich hatte nicht vor, es zu tun. Denn obwohl sie natürlich meine Mama war, hatte ich mich daran gewöhnt, sie Isabella zu nennen. Jetzt wieder mit Mama anzufangen, wäre mir komisch vorgekommen. Geradezu falsch. Außerdem hatte sie sich das wirklich selbst zuzuschreiben.

IN dieser Nacht träumte ich von Linda. Sie hatte ein hautenges Trikot an und stand auf einer Bühne vor einem dunkelroten Samtvorhang. Im Hintergrund lief eine Jazzmelodie, langsam und quälend. Sie ließ einen Hula-Hoop-Reifen um ihre Hüfte kreisen und zeigte lächelnd ihre weißen Zähne. Als das Orchester verstummte, verbeugte sie sich, aber ich war die Einzige, die applaudierte, und mein Klatschen hallte durch den Saal.

Die Musik setzte wieder ein, hitziger als vorher, und Linda fing an, rückwärts zu tanzen, sodass sie sich immer weiter vom Publikum entfernte. Ihre Augen waren weit aufgerissen wie die einer Puppe, ihr Mund war offen, als bekäme sie nicht genug Luft. Ich wusste, dass etwas Schreckliches passieren würde.

Ich wollte sie warnen, wollte aufstehen und rufen: »Pass auf, Linda!«, aber die Zuschauer um mich herum zischten, sobald ich Anstalten machte, mich zu bewegen. Als ich mich umsah, bemerkte ich, dass neben mir gar keine Menschen saßen, sondern Bäume. Knorrige Stämme mit buckligen Gesichtern und Zweigen, die ihnen direkt aus den Köpfen wuchsen.

Eine eisige Angst erfasste mein Herz und ich schrie auf. Aber es war zu spät. Ein Schatten fiel auf die Bühne und Lindas Gesicht löste sich langsam auf wie ein Aquarell im Regen. Ein nasser Fleck auf dem Boden war am Ende alles, was von ihr blieb.

ALS ich am nächsten Morgen in die Küche kam, saß Isabella am Tisch und las Zeitung. Der Morgenmantel war ihr über die Schulter gerutscht und unter dem dünnen Seidennachthemd zeichnete sich ihr Schlüsselbein ab.

Vielleicht lag es an dem Traum, aber irgendetwas weckte in mir eine böse Vorahnung. Noch bevor ich die schwarze Schlagzeile gesehen hatte, wusste ich, was passiert war.

»Es ist furchtbar. Die Polizei hat Linda gefunden«, sagte Isabella.

»Ist sie tot?«

Isabella antwortete nicht. Sie kniff die Augen zu, als könne sie die Wirklichkeit ausschließen, wenn sie nicht hinsah.

»Wenn du an ihrer Stelle gewesen wärst, Hanna … Ich will nicht mal darüber nachdenken, was ich dann getan hätte.«

In der Zeitung war ein großes Foto von Linda. Sie trug ein rotes Kleid und strahlte in die Kamera. Ich versuchte, mir vorzustellen, wie es sich anfühlte, tot zu sein, aber es gelang mir nicht. Verschwanden dann alle Gefühle und

Gedanken oder lagerten sie irgendwo im Universum? Wusste Linda, dass wir gerade über sie lasen? Konnte sie sich vielleicht sogar selbst in der Zeitung sehen?

»Großer Gott! Vielleicht war sie nur ein zufälliges Opfer. Vielleicht war sie einfach das erste Mädchen, dem dieser Irre begegnet ist. Versprich mir, dass du nie wieder alleine in den Wald gehst! Hast du mich verstanden?«, sagte Isabella und sah mich scharf an.

Ich nahm die Zeitung vom Tisch und las: »Die vermisste dreizehnjährige Linda Palm wurde gestern gegen 16 Uhr im Wald südlich von Rydöbruk tot aufgefunden. Der Fundort wurde abgesperrt, eine Untersuchung wurde eingeleitet. Die Polizei geht von einem Verbrechen aus, hat aber noch keinen Tatverdächtigen und bittet um Hinweise aus der Bevölkerung.«

Ich dachte an das Gewehr bei Schrott-Einar und mir wurde übel. Für ein paar Sekunden wurde mir schwarz vor Augen und ich musste mich setzen.

»Ich glaube, wir müssen die Polizei anrufen«, sagte ich.

DIE Nachricht von Lindas Tod lag wie ein Schatten über dem Schulhof. Verschwunden war die kribbelnde Vorfreude und Neugier auf das, was in diesem Schuljahr passieren würde. Die Jüngeren spielten wie immer, aber sogar der Aufprall ihrer Bälle klang gedämpft. Oder lag es daran, dass ich das Gefühl von Watte in den Ohren hatte? Mein Kopf war vollkommen leer. Als wären keine Gedanken mehr übrig.

Nachdem ich Isabella von dem Gewehr und dem Blut bei Schrott-Einar erzählt hatte, rief sie sofort die Polizei an. Als sie nach dem Gespräch wieder zu mir kam, war ihr Gesicht blass. »Sie haben gesagt, es war gut, dass ich mich gemeldet habe.«

»Wie geht es jetzt weiter?«, fragte ich.

Isabella öffnete das Küchenfenster und steckte sich eine Zigarette an.

»Ich dachte immer, hier auf dem Land würdet ihr geborgen aufwachsen, aber jetzt weiß ich gar nichts mehr…«

»Nein, ich meine … kommt die Polizei her? Wollen sie mich befragen?«

Isabella lächelte blass.

»Ich weiß es nicht, mein Schatz. Sie melden sich, falls sie noch Fragen haben. Aber es klang nicht so, als würde noch etwas nachkommen. Du hast das Blut ja gesehen, als Linda schon seit Wochen verschwunden war. Es scheint wahrscheinlicher zu sein, dass er nur ein Kaninchen oder einen Fuchs erschossen hat.«

Als wir in die Klasse kamen, lehnte Ann-Louise am Pult. Ihre Augen glänzten feucht und immer wieder zog sie ein Stofftaschentuch aus ihrer Tasche und tupfte sich die gepuderten Wangen.

»Ihr habt bestimmt in der Zeitung von der furchtbaren Tragödie gelesen. Linda Palm war sechs Jahre lang Schülerin an dieser Schule und hätte jetzt im Herbst auf die Mittelschule gewechselt …«, sagte sie, bevor ihr die Stimme versagte und sie ihre goldgefasste Brille abnahm. Außer ihrem lauten Schluchzen war es totenstill im Klassenzimmer.

»Ich weiß nicht, wer von euch Linda kannte, aber ich glaube, die meisten wissen, wer sie war. Sie war ein tolles Mädchen, immer freundlich, fröhlich und so voller Wärme«, fuhr Ann-Louise fort und ihre Stimme zitterte.

Viele Mädchen in der Klasse hatten Tränen in den Augen, obwohl die meisten vermutlich noch nicht mal mit Linda geredet hatten. Aber es war, als würde die Trauer alle verbinden und niemand wollte außerhalb stehen. Ich selbst weinte nicht, und ich fragte mich, ob das seltsam war, ob mit mir irgendetwas nicht stimmte.

In der Pause spähte ich zu Janek. Er war wieder fein

gemacht, mit kariertem Hemd und dunkler Cordhose, aber er sah ein bisschen entspannter aus als am Tag zuvor. Er unterhielt sich mit ein paar anderen Jungs, aber ich konnte nicht hören, worüber. Vielleicht fühlte er sich beobachtet, denn er drehte sich um und schaute direkt in meine Richtung. Schnell wandte ich mich zu Jonna. Ich zog sie am Arm und fragte, was wir machen wollten, obwohl wir längst beschlossen hatten, zum Klettergerüst zu gehen.

Sabina und Jonna wirkten bedrückt, und ich dachte an Papa und fragte mich, was er wohl gerade tat. Ich hatte mehrmals versucht, ihn anzurufen, aber er war nie ans Telefon gegangen. Als ich in seinem Büro anrief, wurde ich mit seiner Sekretärin verbunden, die sagte, Frank wäre leider nicht im Haus, und sie wüsste auch nicht, wann er wiederkommen würde. Er arbeitete manchmal von zu Hause aus, daran war also eigentlich nichts ungewöhnlich, aber als ich danach in der Wohnung anrief, nahm dort auch keiner ab. War er krank geworden? Wollte Isabella mir vielleicht nichts sagen, um mich nicht zu beunruhigen? Oder noch schlimmer – hatte er vielleicht einen Unfall gehabt und lag im Krankenhaus? Ich sah ihn vor mir, einsam in einem klapprigen Bett, mit Schläuchen im Mund und einem Verband um den Kopf.

»Oh Mann, es ist so schrecklich, dass sie tot ist«, sagte Sabina. »Man hat es ja schon befürchtet, aber trotzdem – es ist verdammt gruselig.« Sie verstummte und sah mich prüfend an, als hätte sie bemerkt, dass ich nicht geweint hatte. »Findest du das nicht schrecklich, Hanna?«

Ich schluckte und versuchte, das Bild von Papa im Krankenhausbett zu verdrängen. Niemand sollte wissen, dass er nicht zu Hause war und ich nicht wusste, wo er steckte. Sonst wäre es Wirklichkeit geworden und das durfte nicht sein.

»Doch, natürlich finde ich das«, sagte ich.

Jonna knabberte an ihren Fingernägeln und schaute auf ihre Hände. »Ich kapiere einfach nicht, wie man so böse sein kann. Wieso bringt jemand ein dreizehnjähriges Mädchen um?«

Sabina steckte sich ein Kaugummi in den Mund und beugte sich zu uns vor, als wollte sie uns ein Geheimnis verraten.

»Ihr dürft es keinem erzählen, aber Matte sagt, dass Linda mit mehreren Typen geschlafen hat. Dass sie deshalb ermordet worden ist.«

Ich schaute sie erstaunt an.

»Wieso sollte jemand sie deshalb töten?«

Sabina verdrehte die Augen: »Hanna, manchmal bist du so was von naiv. Kapierst du nicht, dass sie vergewaltigt worden ist? Weshalb sollte sie sonst jemand umbringen wollen?«

Das Wort *vergewaltigt* brannte wie Zigarettenglut auf meiner Haut. Ich dachte daran, wie ich manchmal fantasierte, dass mich mehrere Jungen festhielten und anfassten, dass ich dagegen ankämpfte und gleichzeitig wollte, dass sie weitermachten. Bei diesen Fantasien wurde mir sonst ganz warm und mein Körper kribbelte. Aber jetzt nicht.

»Aber was hat das damit zu tun, dass sie mit mehreren Typen geschlafen hat? Sie ist doch vergewaltigt worden?«

Sabina zuckte mit den Schultern: »Matte meint, Schlampen sind selbst schuld, wenn sie vergewaltigt werden.«

Ich stand ruckartig auf, und zu meiner eigenen Verwunderung merkte ich, dass ich zitterte. Wie konnte sie so was sagen? Als wäre Linda selbst schuld, dass sie ermordet worden war! Als wäre Linda selbst schuld, dass sie tot war und ihre Familie nie mehr wiedersehen würde! Oder als wäre es meine Schuld, dass … Weiter kam ich nicht, bevor alles explodierte.

»Es ist mir scheißegal, was Matte sagt! Ich will kein einziges verdammtes Wort mehr über ihn hören! Weißt du, was er getan hat? Er hat mich festgehalten, während Krille versuchte, mir zwischen die Beine zu grabschen. Ich fasse es nicht, dass du mit so einem fiesen, ekelhaften Kotzbrocken zusammen sein kannst!«

Jonna und Sabina starrten mich an, aber ich wartete nicht auf Antwort. Ich sprang vom Klettergerüst und rannte weg. Erst als niemand mehr in der Nähe war, schlug ich die Hände vors Gesicht und weinte.

»Was ist los?«

Die Stimme ließ mich zusammenfahren und ich drehte mich um. Direkt vor mir stand Janek und schaute mich besorgt an. Meine Augen waren verschwollen, meine Nase verrotzt und ich wäre am liebsten im Boden versunken.

»Warst du mit dieser Linda befreundet?«, fragte er vorsichtig.

Ich schüttelte den Kopf und wischte mir mit dem Handrücken die Nase ab. »Nein, eigentlich nicht. Wir waren nur in derselben Gymnastikgruppe.«

Janek sah mich an, als würde er auf weitere Erklärungen warten, aber das machte mich nur noch schüchterner und unbeholfener. Ich wollte, dass er ging, damit ich wieder Luft zum Atmen hatte.

»Also, es ist nichts Schlimmes. Mir geht's schon wieder gut.«

»So siehst du aber nicht aus«, sagte Janek.

Ich liebte diesen leichten Akzent, der seine Stimme anders klingen ließ als alle anderen. Sein weiches Lächeln erinnerte mich daran, wie ich von ihm geträumt hatte, und plötzlich wurde mir bewusst, wie nah wir beieinanderstanden.

»Was hörst du?«, fragte ich und schluckte.

Janek schaute auf die schwarzen Kopfhörer, die um seinen Hals lagen, als wäre er überrascht, dass ich sie bemerkt hatte.

»Unterschiedlich. Am liebsten mag ich alte Sachen wie Roy Orbison, Bobby Vinton und Elvis. So was, was Väter immer hören.«

Janek kam näher, und für einen Augenblick dachte ich fast, er wollte mich küssen. Aber stattdessen setzte er mir seine Kopfhörer auf.

»Das hier ist gut.«

Ich erkannte die traurige Melodie sofort. Chris Isaak sang herzzerreißend: »No, I don't want to fall in love with you.« Papa und ich hörten es immer im Auto. Im

Sommer drehte Papa die Lautstärke hoch und ließ die Musik durch das offene Autofenster strömen.

»Warum will er sich nicht verlieben? Das wollen doch alle«, hatte ich ihn mal gefragt.

»Wenn man erwachsen ist, kann so was kompliziert sein«, hatte Papa geantwortet und plötzlich traurig ausgesehen.

»Aber …«, sagte ich, »wenn man sich verliebt, dann verliebt man sich. Und wenn man nicht will, dann lässt man es eben.«

»Nein, das kann man sich nicht aussuchen«, sagte Papa. »Manchmal verliebt man sich einfach in jemanden, in den man sich nicht verlieben sollte. In jemanden, der einem nicht guttut.«

Die Erinnerung an die Autofahrt ließ mich Janek fast vergessen, aber als ich aufschaute, sah ich, dass er mich beobachtete. Ich biss mir auf die Lippe und wurde rot, aber er wich meinem Blick nicht aus. Die Sekunden fühlten sich an wie eine Ewigkeit, und ich wünschte, sie wären endlich vorbei. Gleichzeitig hoffte ich, sie würden niemals enden.

Ein Klingeln durchschnitt die Musik. Es war die Schulglocke. Ich zog die Kopfhörer herunter und gab sie ihm hastig zurück. Ich wollte noch sagen, dass das genau die Musik war, die ich auch mochte, aber als er mich ansah, brachte ich kein Wort mehr heraus.

»Danke«, sagte ich nur, bevor ich mich umdrehte und zum Eingang ging. Ich betete, dass er nicht merkte, wie meine Beine zitterten.

DAS Erste, was mir auffiel, als ich nach Hause kam, war das rote Auto in der Einfahrt. Für einen kurzen Moment hoffte ich, es wäre Papa. Hoffte, dass sein eigenes Auto kaputt war und er sich ein anderes geliehen hatte, um nach Hause zu kommen. Aber dann fiel mir wieder ein, wessen Auto das war. Es gehörte Marie Berg. Mamas bester Freundin aus Göteborg.

Isabella und Marie saßen in der Küche und tranken Kaffee. Als ich in die Diele kam, hörten sie sofort auf zu reden und lächelten mich wie auf Kommando an. Marias schwarzgefärbter Pagenkopf glänzte und ihre Augen waren dunkel geschminkt und mit Kajal umrandet. Sie war hübsch, obwohl sie eindeutig zu moppelig war, um als Filmstar durchzugehen. Ich fand sie schon immer spannend. Ich erinnerte mich noch vage daran, wie ich als kleines Kind auf ihrem Schoß saß und sie ihr heiseres, aber trotzdem sanftes Lachen lachte, das mich irgendwie an Mandelkrokant erinnerte. Ich weiß noch, wie sehr mich ihre langen, roten Fingernägel faszinierten.

»Wie war's in der Schule?«, beeilte sich Isabella zu fragen, als wollte sie die angespannte Stimmung überspielen.

»Ganz okay«, sagte ich.

»Du hast eine neue Frisur. Sehr hübsch«, sagte Marie und lächelte.

Ich blieb noch einen Moment in der Tür stehen und schaute sie an. Dag saß auf dem Boden und spielte mit Bauklötzen, es roch nach Kaffee und Mentholzigaretten, genau wie immer, wenn Marie zu Besuch war. Aber trotzdem wurde ich das Gefühl nicht los, dass irgendwas nicht stimmte.

»Ich wusste gar nicht, dass du zu Besuch kommst«, sagte ich und schaute Marie durchdringend an. Verlegen kramte sie in ihrer schwarzen Handtasche, und was bis eben nur eine unbestimmte Ahnung war, wurde Gewissheit – hier stimmte definitiv irgendetwas nicht. Normalerweise hätte Marie gelacht, mich umarmt und mich über die Jungs an der Schule ausgefragt, aber jetzt schwieg sie.

»Marie bleibt einige Tage und hilft mir mit ein paar Sachen. Und was hast du heute vor? Triffst du dich noch mit Sabina und Jonna?«, fragte Isabella.

»Hat Papa angerufen?«

Isabella holte tief Luft.

»Nein, Herzchen. Er hat diese Woche viel zu tun, das weißt du doch.«

Ich wusste sofort, dass sie log, aber ich verstand einfach nicht, warum. Hatten sie sich gestritten? Hatte Isabella irgendwas nach ihm geworfen? War er deshalb im Krankenhaus? Einmal hatte sie einen selbstgetöpferten Becher nach ihm geschleudert, aber damals konnte er sich glücklicherweise rechtzeitig ducken.

»Ist was passiert?«, fragte ich.

Isabella lächelte immer noch, steif wie eine Schaufensterpuppe, aber ihre Stimme wurde langsam ungeduldig, wie so oft, kurz bevor sie sauer wurde.

»Nein, das habe ich doch schon gesagt! Er hat einfach viel zu tun. Triffst du dich heute nicht mit deinen Freundinnen?«

Als ich die Treppe hochging, hörte ich, wie Isabella und Marie wieder anfingen, sich leise zu unterhalten. Ich schnappte Papas Namen auf, sonst nichts. Mein Gesicht sah nackt aus im Spiegel, und ich fühlte mich so einsam, dass ich kurz davor war, Selbstgespräche zu führen, nur um ein bisschen Gesellschaft zu haben.

Am liebsten hätte ich so laut geschrien, wie ich nur konnte. Warum musste das alles so sein? Matte und Krille hassten mich, Linda war tot und Papa war verschwunden. Außerdem hatte ich mich mit einer meiner besten Freundinnen verkracht. Oder sogar mit beiden.

Seit ich nach meinem Wutanfall in der Pause zurück in die Klasse gekommen war, redete Sabina kein Wort mehr mit mir und auch Jonna wirkte eingeschnappt und komisch. Ich spürte den Ärger in der Luft, wie die schwachen Vibrationen einer Gitarrensaite.

Das Klingeln des Telefons riss mich aus meinen düsteren Gedanken. »Bitte, mach, dass es Papa ist«, betete ich, während ich zum Telefon rannte. Aber als ich mich meldete, blieb es in der Leitung stumm. Dann hörte ich ein Klicken, als hätte jemand schnell wieder aufgelegt.

AM nächsten Tag war die Morgenluft kühl. Es hatte in der Nacht geregnet und der Asphalt war nass und roch nach Teer. Ertrunkene Regenwürmer lagen in den Pfützen und die Pflanzen am Straßenrand ließen schwer die Köpfe hängen. Auf dem Weg zur Schule grübelte ich über Isabellas und Maries merkwürdiges Benehmen. Beim Frühstück waren sie noch genauso angespannt gewesen wie am Abend zuvor. Marie hatte mich angelächelt, aber ihr Blick war besorgt. Als täte ich ihr leid.

Als ich an die Gleise kam, schaute ich unwillkürlich zu Janeks Haus. Ich beobachtete die dünnen Spitzengardinen und musste an die Ereignisse von gestern denken. Meinen Ausbruch. Janek, wie er sich vorbeugte, um mir seine Kopfhörer aufzusetzen. Chris Isaaks schmachtende Stimme.

Ich war fast am Haus vorbei, als die Tür aufging und Janek auf die Veranda trat. Die Ameisenattacke im Bauch überraschte mich. Du lieber Himmel! Er war doch einfach nur ein Junge. Und trotzdem blieb ich wie angewurzelt stehen, schluckte und schluckte und kam mir immer lächerlicher vor. Sollte ich weitergehen oder stehen bleiben und warten, bis er mich entdeckte? Wenn ich weiterging, würde er mich sowieso direkt einholen. Aber wenn ich stehen blieb, sah es womöglich so aus, als hätte ich auf ihn gewartet.

Janek setzte sich seinen Rucksack auf und rief seinen Eltern etwas auf Polnisch zu. Dann schloss er die Tür und hob den Blick. Als er mich sah, zuckte er zusammen.

»Gehst du auch zur Schule?«, sagte ich, ohne nachzudenken.

Janek stutzte, aber dann lächelte er ein bisschen spöttisch.

»Nein, ich bin auf dem Weg zu meinem Job bei der Bank.«

Ich schaute ihn verwirrt an, und es dauerte ein paar Sekunden, bis ich kapierte, dass er einen Witz gemacht hatte.

Los, Hanna, antworten! Sag was Lustiges!

»Jaaa, na klar«, sagte ich.

Wirklich originell.

Janek kam durch den Garten und zog das grüne Tor hinter sich zu. Es quietschte, als müsste es mal geölt werden.

»Willst du später mal bei der Bank arbeiten, wenn du erwachsen bist?«, fragte ich.

»Nein, nie im Leben. Ich will Musiker werden. Lieder schreiben und mit meiner Band durch die ganze Welt touren. Was willst du werden?«

»Ich weiß es nicht … vielleicht in einem Buchverlag arbeiten, so wie mein Vater.«

»Was macht man da?«

»Ich glaube, man liest vor allem jede Menge Bücher. Und trifft Autoren. Und dann muss man nach Göteborg auf Buchmessen fahren und Wein trinken.«

Wir gingen langsam in Richtung Schule. Wir waren alleine auf der Straße und außer unseren Schritten auf dem nassen Asphalt war nichts zu hören.

»Das klingt nicht schlecht. Weißt du was? Als ich klein war, wollte ich ein berühmter Erfinder werden. Ich habe versucht, Sachen herzustellen. Einmal habe ich Papas Wecker auseinandergebaut, nur um zu sehen, wie er konstruiert war. Hinterher ließ er sich nicht mehr zusammensetzen. Ich dachte, mein Vater würde stinksauer werden, aber das wurde er gar nicht. Er sagte nur, es wäre gut, dass ich Ambitionen hätte.«

»Was wolltest du denn erfinden?«

»Einen Roboter, der genauso aussehen sollte wie ich. Er sollte mir alles abnehmen, worauf ich keine Lust habe: spülen, mein Zimmer saugen und langweilige Matheaufgaben lösen. Und das eklige Schulessen aufessen. Und du? Was wolltest du werden, als du klein warst?«

Ich lachte.

»Eine Zirkusprinzessin wie Elvira Madigan. Sie konnte hoch oben über ein Seil laufen und alle fanden sie wunderschön. Aber eines Tages begegnete sie Sixten Sparre, einem Leutnant, der schon verheiratet war. Es war Liebe auf den ersten Blick und sie brannten zusammen durch. Aber dann nahmen sie sich das Leben.«

»Oha, wie denn?«

»Er erschoss erst sie und dann sich selbst.«

»Das klingt wie ein Film.«

»Mhm, ich weiß. Aber es ist wirklich passiert.«

Er lächelte mich an. Ich musste schlucken. Oh Mann, er war so süß.

Schweigend gingen wir nebeneinander her. Nach einer Weile sah er mich an. Sein Blick war jetzt ernster.

»Geht es dir heute besser?«

Ich nickte und schaute nach unten auf den Asphalt.

»Ich glaube schon. Gestern war einfach ein blöder Tag. Wegen Linda. Obwohl ich sie nicht kannte, fühlt es sich so komisch an … Ich kann es nicht begreifen, dass sie tot ist.«

Er nickte. Aus irgendeinem komischen Grund fiel es mir viel leichter, mit ihm darüber zu reden, als mit Jonna oder Sabina.

»Ich denke an alles, was sie nie wieder tun wird. Dass sie nie wieder den Himmel oder den Wald sehen wird. Oder schwimmen gehen … Aber ich weiß nicht, warum ich so viel an sie denke. Als sie noch lebte, mochte ich sie eigentlich gar nicht. Sie wirkte immer so eingebildet. Ich habe mich ja nicht mal getraut, sie zu grüßen.«

»Ich weiß genau, was du meinst. Mein kleiner Cousin ist vor drei Jahren gestorben. Als er noch lebte, ist er mir tierisch auf die Nerven gegangen, weil er sich jedes Mal sofort an meinen Sachen vergriffen hat, wenn er zu Besuch kam. Aber als er gestorben ist, wünschte ich mir, ich hätte ihn mehr gemocht.«

Janek biss sich auf die Lippe, als fiel ihm der Gedanke daran schwer. »Meine Eltern haben so gut wie nie darüber geredet. Nur einmal, als meine Mutter mit ihrer Schwester telefoniert hat, habe ich gesehen, dass sie weint. Ihre Stimme klang genau wie immer, aber ihr liefen Tränen die Wangen hinunter.«

Mich überkam ein großes Bedürfnis, ihn zu umarmen. Seine Hand zu nehmen und ganz fest zu halten. Aber ich traute mich nicht.

»Das muss schrecklich gewesen sein«, sagte ich.

Er nickte und unsere Blicke begegneten sich. Seine Augen glitzerten in allen Grautönen. Es gab so viel, das ich ihm gerne gesagt hätte, aber plötzlich schienen alle Worte zu groß oder zu klein zu sein. Als wir endlich an der Schule ankamen, war ich total erschöpft.

JONNA wartete wie immer am Tor auf mich. Bei ihrem Anblick fühlte ich mich erleichtert. Ich hatte befürchtet, dass sie noch sauer auf mich war und deshalb vielleicht nicht da sein würde. Als Janek sie sah, stockte er, winkte uns kurz zum Abschied und ging weiter.

Ich schaute ihm nach, und die Wärme, die sich in meinem Körper ausgebreitet hatte, verflog. Dass er sich mit mir unterhalten hatte, hatte ja nichts zu bedeuten. Er hatte ja nicht mal selbst entschieden, mich zu begleiten.

»Ach«, sagte Jonna argwöhnisch. »Seid ihr jetzt Freunde, oder was?«

Ich schüttelte den Kopf.

»Nein, wir sind uns nur zufällig vor seinem Haus begegnet.«

Jonna fing an, mit kurzen, entschlossenen Schritten auf das Schulgebäude zuzugehen, und ich musste mich beeilen, um mit ihr Schritt halten zu können.

»Warte, Jonna, geh doch nicht so schnell!«

Sie blieb stehen und sah mich grimmig an. Ich hatte keine Ahnung, warum sie plötzlich so schlechte Laune hatte.

»Du, ist Sabina böse auf mich, weil ich das über Matte gesagt habe?«

Jonna zuckte mit den Schultern.

»Da fragst du sie am besten selbst.«

Sabina saß ganz vorne im Klassenzimmer. Ich versuchte, ihren Blick aufzufangen, aber sie drehte sich weg. Als es zur Pause klingelte, gingen Jonna und ich zum Klettergerüst, aber Sabina kam nicht nach. Stattdessen unterhielt sie sich mit zwei Fünftklässlerinnen: der kleinen, blonden Emma mit den Mäusezähnen und Angelica, die lange, glatte Haare und Ohrringe hatte. Sabina beugte sich vor und flüsterte Emma etwas ins Ohr, die aufgekratzt kicherte und sich die Hand vor den Mund hielt, während sie in meine Richtung schaute.

Es war ungewohnt, alleine mit Jonna auf dem Klettergerüst zu sein. Ich wünschte, Sabina wäre mir egal gewesen, aber das änderte auch nichts daran, dass es ohne sie einfach langweiliger war. Was sollten wir jetzt tun? Spielen? Nein. Sabina hatte recht. Wir waren wirklich zu alt, um Detektiv, Königin oder Professor zu spielen.

»Das, was du gestern über Matte und Krille gesagt hast«, sagte Jonna beiläufig.

»Ja, was ist damit?«

»Stimmt das? Sabina meint, du hättest dir das alles nur ausgedacht.«

Ich sah sie bestürzt an.

»Wieso sollte ich mir so was ausdenken? Glaubst du mir etwa auch nicht?«

Jonna knibbelte sich eine trockene Hautschuppe von der Nase.

»Doch … schon. Aber wieso hast du nicht früher was gesagt?«

»Ich weiß nicht.«

Jonna biss sich auf die Lippe und der Ausdruck in ihren Augen veränderte sich. Sie sah nicht mehr sauer oder schlecht gelaunt aus, sondern traurig.

»Sabina sagt, du findest mich unreif und kindisch … ich würde dir auf die Nerven gehen.«

Wut flackerte in meinem Bauch auf.

»Das habe ich nie gesagt! Das solltest du wissen!«

Jonna wand sich.

»Dann findest du mich nicht unreif?«

»Nein, natürlich nicht.«

Ich schaute ihr in die Augen und mein schlechtes Gewissen wuchs. Es kam mir vor, als würde ich lügen. Echte Freundinnen erzählen sich alles, aber in letzter Zeit hatte ich manches bewusst für mich behalten. Ging sie mir auf die Nerven? Jonna, die immer ein Teil meines Lebens gewesen war? Nein. So war es nicht. So durfte es nicht sein.

In der Mittagspause ging ich zu Sabina und hielt sie am Arm fest. Wir standen uns gegenüber, und ich bemühte mich, ruhig zu bleiben.

»Es tut mir leid, dass ich gestern so ausgeflippt bin. Ich wollte dich nicht verletzen. Aber das, was ich gesagt habe, stimmt wirklich.«

Sabina zerrte ihren Arm zurück.

»Mensch, Hanna! Du lügst, dass sich die Balken biegen. Nur weil du keinen Freund hast, muss du mir doch nicht alles kaputt machen!«

Mein Herz klopfte heftiger.

»Ich lüge überhaupt nicht. Frag ihn doch selbst!«

»Das habe ich längst getan, und er hat gesagt, so was würde er nie machen. Er findet dich ja noch nicht mal hübsch.«

»Aber ich schwöre, dass es so war!«

Sabina warf mir einen verächtlichen Blick zu und ich fühlte mich erbärmlich. Sie war schon öfter sauer auf mich gewesen, aber noch nie so wie jetzt.

»Aber Sabina, ich will keinen Krach mit dir.«

»Ach, was du nicht sagst. Dann hör einfach auf, Lügen zu verbreiten! Und hör auf, meinen Freund schlechtzumachen!«

Zornige Tränen schossen ihr in die Augen, dann stürmte sie weg zur Mensa. Jonna kam zu mir und legte mir eine Hand auf die Schulter.

»Das kommt schon wieder in Ordnung.«

»Vielleicht. Aber sicher bin ich mir nicht …«

Auf dem Heimweg kam mir Priscilla mit ihrem großen Rollkoffer entgegen. Sie trug ein rosa Kleid, das über den Hüften spannte, und ihre schwarzen Haare waren wie üblich hochtoupiert. Trotzdem, irgendetwas stimmte nicht. Es sah aus, als wären ihre Haare schief, als wäre die ganze Frisur auf die Seite gerutscht. Mit leichtem Schaudern erkannte ich, dass es eine Perücke war.

ES war, als würde die Zeit in der Schule langsamer vergehen als draußen. Als befänden wir uns in einem parallelen Universum, in dem sich eine normale Stunde in zwei verwandelte. Am Freitag fühlte ich mich, als wäre ich durch einen langen, engen Tunnel gekrochen. Nichts Lustiges war passiert. Sabina und ich hatten uns nicht wieder vertragen. Sie ging mir aus dem Weg, und wenn ich mich im Unterricht meldete, verdrehte sie die Augen. Wenn ich an ihr vorbeiging, zischte sie »Lügnerin«, gerade so laut, dass ich nicht sicher sein konnte, ob sie wirklich etwas gesagt hatte, aber doch laut genug, dass ich es hörte.

Janek und ich hatten schon seit mehreren Tagen nicht mehr miteinander gesprochen. Als wir an diesem einen Morgen gemeinsam zur Schule gegangen waren, hatte sich alles so natürlich angefühlt. Aber jetzt war es anders. Er schaute kaum in meine Richtung. Ich fragte mich, ob er mich langweilig fand, ob das der Grund war. Vielleicht kam ich ihm seltsam vor, weil ich vor seinem Haus gestanden und gegafft hatte? Oder noch schlimmer – er hatte gemerkt, dass ich in ihn verliebt war, und empfand nicht dasselbe für mich?

Nach der Schule ging ich zu Olssons, um mir wie jeden Freitag Süßigkeiten zu kaufen. Vor dem Laden hingen neue Schlagzeilen aus, darunter Fotos von Linda. Die Worte *vergewaltigt* und *ermordet* waren viel größer und schwärzer als die anderen. Ich ging rein, nahm heimlich eine Abendzeitung vom Ständer und fing an zu lesen.

»Die gerichtsmedizinische Untersuchung hat ergeben, dass die dreizehnjährige Linda Palm bereits seit dem Abend ihres Verschwindens am 5. August tot ist. Sie wurde vergewaltigt und im Anschluss erwürgt. Die Polizei geht davon aus, dass der Fundort der Leiche im Wald südlich von Rydöbruk auch der Tatort ist. Ein Tatverdächtiger konnte bislang nicht festgenommen werden.«

»Die Welt ist ein dunkler Ort«, murmelte Olsson.

Als ich seine Stimme hörte, fuhr ich zusammen und steckte die Zeitung schnell zurück. Ich schielte zur *Wochenrevue*, der *Frida* und der *Starlet*. Aber ich hatte nicht genug Geld, um mir eine davon zu kaufen. Ganz oben im Zeitschriftenständer standen halb verdeckt die Pornoheftchen. Eine Frau in Reizwäsche schaute mit geöffnetem Mund auf mich herunter und presste mit den Händen ihre Brüste zusammen.

»Heute wieder Eis? Du weißt hoffentlich, dass man Halsschmerzen bekommen kann, wenn man an kalten Tagen Eis isst?«, sagte Olsson und beugte sich vertraulich zu mir vor. Sein Körper verströmte einen strengen Männergeruch und ich wich unwillkürlich zurück.

»Nein, heute nicht«, sagte ich und nahm stattdessen zwei Lakritzlollis und eine Dose Lakritzpulver.

Auf dem Heimweg ging ich am Bürgerhaus vorbei. Vor der Tür hingen noch die alten Kinoplakate vom letzten Winter. Sie waren eingerissen und von der Sonne ausgeblichen. Ich überflog die Zettel am Schwarzen Brett. Jemand hatte die Ankündigung für einen Flohmarkt aufgehängt und jemand anderes wollte wegen einer Allergie sein Meerschweinchen verkaufen. Es kostete nur fünfzig Kronen und der Käfig war im Preis inbegriffen. Aber ich wollte kein Meerschweinchen mehr.

Ich dachte an Helan und Halvan. Helan, der erfroren war, und Halvan, der von einem Iltis totgebissen wurde. Beide hatten rotbraun-weiß geschecktes Fell gehabt, dicke Bäuche und freundliche, aber ein bisschen dumme Augen. Sie konnten es nicht leiden, wenn man sie hochnahm, dann quietschten sie und zappelten mit ihren kleinen Beinen, bis man sie wieder runterließ. Ich schämte mich für den Gedanken, aber ich hatte sie wohl nie richtig lieb gehabt. Nicht so wie Godis. Der Gedanke machte mich traurig – wer hatte Helan und Halvan geliebt, wenn nicht mal ich es getan hatte? Isabella wohl kaum, sie hatte sich immer nur beklagt, wie viel Dreck die beiden machten. Und Papa bestimmt auch nicht, ihm waren sie total egal gewesen.

Auf der Rückseite des Bürgerhauses führte ein Hang zu einer verwilderten Wiese hinunter. Früher hatte dort ein Tanzpavillon gestanden, aber das war lange her. Jetzt erinnerte der Platz eher an eine Müllkippe. Überall lag Abfall herum: Bierdosen, Zeitungen, ein altes Kondom und ein vertrockneter Weihnachtsbaum.

Nur ein rotes Holzhaus mit weißen Fensterläden verriet, wie es hier früher ungefähr ausgesehen hatte. Dort wurden damals Würstchen und Lose verkauft, hatte Ann-Louise uns in der Schule erzählt. Als sie jung gewesen war, war sie jeden Samstagabend zum Tanzen hier gewesen und hier hatte sie auch ihren Mann Albert kennengelernt.

»Er duftete so gut. Da war mir klar, dass er der Richtige sein musste«, sagte sie und die Mädchen in der Klasse seufzten sehnsüchtig.

Ich lief den Hang hinunter. Sonst stellte ich mir immer vor, wie Mädchen in weiten Kleidern und Männer mit zurückgekämmten Elvisfrisuren über die Tanzfläche wirbelten, aber heute reichte meine Fantasie nicht aus. Das Haus erschien mir noch baufälliger als beim letzten Mal und eine dünne, schwarze Schimmelschicht überzog die Fensterläden. Ich schauderte und wollte am liebsten umkehren, aber ich war gezwungen zu bleiben – so wie damals, als ich noch klein war und bei einem gruseligen Film im Fernsehen solche Angst bekam, dass ich weglaufen wollte. Ich weiß nicht mehr, wovon der Film handelte, aber Isabella überredete mich, zu bleiben und ihn zu Ende zu sehen.

»Wenn du jetzt gehst, wirst du immer Angst davor haben. Wenn du bleibst und das Ende siehst, wird es dir nicht mehr so gruselig vorkommen. Man hat immer am meisten Angst vor dem, das man nicht kennt«, sagte sie. Und deshalb konnte ich jetzt nicht weg. Wenn ich jetzt nicht zu dem Haus ging, wenn ich mich jetzt nicht nach vorne lehnte und einen Blick durch das kaputte Fenster warf – dann würde ich mich vielleicht nie wieder hierhertrauen.

In der Hütte war es stockdunkel, und außer undeutlichen Umrissen konnte ich nichts erkennen, vermutlich war es ein Haufen Müll. Widerwärtiger Gestank schlug mir entgegen. Als würde da ein totes Tier liegen. Mir wurde schlecht und ich wich zurück.

Die Erleichterung stellte sich schon ein, und ich wollte gerade gehen, da sah ich sie. Aus dem Wald hinter dem Haus kam Priscilla, den Arm voller Brennholz. Sie trug ein geblümtes Kleid und ihre große Brille. In ihrer zerzausten Perücke hingen jede Menge kleiner Zweige und Blätter, als hätte sie im Freien geschlafen. Als sie mich bemerkte, blieb sie wie angewurzelt stehen.

»Was hast du hier zu suchen?« Es war das erste Mal, dass sie mich direkt ansprach, und ihre Stimme klang unerwartet normal, weder zischend noch knurrend. Aber als ich ihr keine Antwort gab, sah sie mich scharf an und zog die Augenbrauen hoch. Dann stieß sie ein unmenschliches Wimmern aus: »Diese Teufel sind überall! Du wirst nicht entkommen!« Sie zeigte mit ihrem Zeigefinger auf ihren Kopf. Ich nickte, aber das brachte sie nur noch mehr auf.

»Hörst du nicht, was ich sage? Verschwinde! Hau ab!«

Mit klopfendem Herzen rannte ich den Hang hoch. Ich achtete nicht darauf, wohin ich die Füße setzte. Erst als ich die Straße erreicht hatte, drehte ich mich um. Priscilla stand immer noch an derselben Stelle und hielt das Holz im Arm. Sie beachtete mich nicht länger, starrte nur geradeaus. Dann ging sie langsam in den Wald zurück.

AUF dem Weg nach Hause legte sich meine Angst. Es war lächerlich, sich so reinzusteigern. Priscilla war eine alte Spinnerin, das wusste jeder. Und der widerliche Gestank kam sicher nur von einer toten Ratte oder einem toten Vogel. Einer armen Taube, die ins Haus geflattert war und den Ausgang nicht gefunden hatte.

Ich packte einen Lolli aus und steckte ihn in den Mund. Drehte den Stiel hin und her. Der Himmel war blau und die Sonne würde erst in einigen Stunden untergehen. Und außerdem war Freitag, bestimmt würde sich bald alles klären. Wenn ich nach Hause kam, würde Marie abgereist und Papa wieder zu Hause sein. Ich stellte mir vor, wie er in der Küche stand. Mich in den Arm nahm und mir versprach, dass alles gut werden würde. All das Unbehagliche und Schreckliche würde verschwinden.

Aber schon als ich die Böschung hochkam, spürte ich die Enttäuschung wie einen Stein im Magen. Papas Auto war nicht da. Stattdessen stand Maries kleiner, roter Wagen noch an derselben Stelle und glänzte spöttisch.

Marie hatte die halbe Woche bei uns verbracht. Sie war nett zu mir, aber es gefiel mir nicht, wie Isabella sich veränderte, wenn Marie da war. Die beiden blieben lange auf, tranken Rotwein und tuschelten miteinander, hörten laute Musik, die wir sonst nie hörten, und lachten auf eine Art, die mir unheimlich war. Außerdem konnte ich es nicht leiden, wenn Isabella über mich redete, während ich daneben stand.

»Sie hat ein schreckliches Temperament, das hat sie wohl von mir geerbt«, sagte sie dann zum Beispiel zu Marie.

»Ich bin übrigens hier, du kannst ruhig *du* sagen«, sagte ich in solchen Fällen.

Ich ging ins Haus und setzte mich auf die Treppe in der Diele, um meine Schuhe auszuziehen. Aus dem Wohnzimmer kam laute Musik. Irgendwas von diesem Morrissey, glaube ich. Dieser Typ, der so eine quengelige Stimme hat und fast dieselbe Frisur wie Papa. Durch die Musik glaubte ich Isabellas Stimme zu hören. »Schon allein der Gedanke daran, dass er sich mit dieser dämlichen Gans getroffen hat, dieser armseligen Hobbypoetin! Das ist so unglaublich demütigend. Und so lächerlich, so typisch Frank, gleich schwach zu werden, wenn ihn eine Frau auch nur anlächelt.«

Ich stand auf und ging ins Wohnzimmer. Als Isabella mich sah, verstummte sie.

»Oh, Hanna, ich habe gar nicht gehört, dass du gekommen bist.«

»Worüber redet ihr?«

Isabella starrte unbewegt zu Marie, die mit angezogenen Beinen auf dem Sofa saß, ein Glas Wein in der Hand.

»Nichts Besonderes. Wie war es in der Schule?«

Ich schaute von der einen zur anderen und hätte am liebsten losgeheult.

»Habt ihr über Papa geredet?«

Isabella lachte hohl.

»Nein, nein. Wir haben uns über einen Film unterhalten.«

Sie nahm Dag auf den Arm und ging in die Küche. Ich folgte ihr.

»Wo ist er? Kommt er heute Abend nicht nach Hause?«

»Nein, leider nicht, Hanna. Er muss das ganze Wochenende arbeiten. Weißt du, sie sind im Verlag mit einem Projekt beschäftigt, das wahnsinnig viel Zeit braucht.«

Sie setzte Dag in den Kinderstuhl am Tisch und kniff leicht in seine dicken Pausbäckchen, sodass er vor Lachen kaum Luft bekam. Dann holte sie eine Packung Nudeln und ein paar Konservendosen mit Tomaten in Stücken aus dem Vorratsschrank und ging zur Spüle. Sie sah zufrieden aus, als ob alles genau so wäre, wie es sein sollte.

»Hast du Hunger? Marie und ich haben uns überlegt, dass wir so richtig leckere Pasta kochen könnten. Klingt das nicht herrlich?«

Aber da war meine Geduld am Ende. Ich konnte nicht länger so tun, als hätte ich nichts mitbekommen. Papa lag vielleicht im Krankenhaus, und sie redete von Essen, als wäre heute irgendein großartiger Freitagabend.

»Hör auf, mir was vorzumachen! Sag mir, wo er ist!«, schrie ich.

Isabella schaute auf. Plötzlich sah sie schrecklich müde aus. Das machte alles sofort viel schlimmer. Bis eben hatte ich es nur geahnt, aber jetzt wusste ich, dass etwas passiert war. Ich straffte mich und wartete auf den Knall. Gleich würde sie das Schreckliche sagen. Dass Papa schwer krank war. Dass er gelähmt war und nie mehr würde laufen können. Isabella kam auf mich zu und nahm mich in den Arm.

»Entschuldige, Hanna … Ich wollte es dir nicht sagen, um dich nicht unnötig zu beunruhigen, aber dein Papa und ich haben Probleme.«

Sie ließ mich los.

»Ich weiß, dass es dir vielleicht schwerfällt, das zu verstehen, aber ich muss erst mal in aller Ruhe über die Situation nachdenken. Deshalb habe ich Papa gebeten, eine Weile nicht hier anzurufen. Und ich glaube, er braucht auch erst mal ein bisschen Zeit für sich.«

»Was meinst du damit?«

Isabella presste die Lippen aufeinander.

»Mach dir keine Sorgen, mein Schatz. Natürlich wirst du ihn bald wiedersehen. Aber im Moment kann ich ihn hier im Haus einfach nicht ertragen.«

Ich starrte sie an. Die erste Erleichterung, dass Papa nicht im Krankenhaus lag, verwandelte sich in Zorn. Isabella streckte die Hand aus, um meinen Arm zu streicheln, aber ich wich zurück und sie fasste ins Leere. Sie seufzte, als ginge es hier um sie. Es ging immer nur um sie!

»Hanna … ich wollte nicht, dass es so kommt. Nur kann ich im Augenblick leider auch nichts daran ändern.«

Sie zögerte, als ob ihr das, was sie als Nächstes sagen

wollte, peinlich wäre. »Aber, Hanna, tu mir den Gefallen, und behalt es für dich. Ich möchte nicht, dass die anderen Mütter beim Kaffee über uns tratschen.«

Marie kam in die Küche. Sie schaute uns an und lächelte unsicher. Ich wollte nicht, dass sie mich mit diesem mitleidigen Blick ansah. Hör auf zu glotzen, hätte ich am liebsten geschrien. Sie geschlagen, ihr in den Bauch geboxt, bis sie sich krümmte. Der Wille, so etwas zu tun, war so stark, dass ich beinahe Angst vor mir selbst bekam.

Als ich nach oben in mein Zimmer ging, dachte ich fieberhaft darüber nach, was Isabella gesagt hatte. Ich wollte es verstehen. Was meinte sie damit, dass sie Probleme hatten und sie es nicht ertrug, wenn Papa im Haus war? Mein Hals schnürte sich zusammen und das Atmen fiel mir schwer.

Schon allein der Gedanke daran, dass er sich mit dieser dämlichen Gans getroffen hat, dieser armseligen Hobbypoetin!

Es erinnerte mich an etwas anderes, das ich aufgeschnappt hatte. In meinem Kopf veränderte sich Isabellas Stimme, sie wurde heiser und aufgebracht. Jetzt klang sie genau wie die von Jonnas Mama Lisbeth. Sie lachte wie eine Hexe: *Eine richtige kleine Gans, aber auf so was stehen die Kerle ja offenbar!*

Jetzt fiel es mir wieder ein. Sie hatten darüber geredet, dass Lindas Vater sich mit einer anderen Frau getroffen hatte. Mich streifte der Gedanke, dass Papa angeblich auch so eine blonde Gans kennengelernt hatte. Sein Mund, der eine andere anlächelte. Seine Augen, die so leuchteten wie sonst, wenn er uns eine spannende Geschichte erzählte. Aber nein, das war unmöglich! Nicht mein Papa! Sei still, wollte ich die gemeine Stimme in meinem Kopf anschreien. Mein Papa ist ganz anders als Lindas. Er würde so was nie tun!

Bestimmt hatte Isabella gelogen. Papa sagte oft, sie würde »aus jeder Mücke einen Elefanten machen«. Verfluchte Kacke! Warum musste sie immer alles kaputt machen?

Ich legte mich aufs Bett und presste mein Gesicht ins Kissen. Dann dachte ich an Linda und ihre Beerdigung. Linda war tot und würde ihre Familie nie wiedersehen. In diesem Moment wünschte ich mir fast, ich würde in ihrem Sarg liegen.

ISABELLA und Marie bemühten sich sehr, die angespannte Atmosphäre zu ignorieren. Sie spielten ein Theaterstück, das »Gemütlicher Freitagabend« hieß, das Problem war nur, dass die beiden schlechte Schauspielerinnen waren und ihre Sätze falsch klangen. Ich beschloss, ihnen nicht die Freude zu machen, für das Ganze auch nur die geringste Anerkennung zu zeigen.

»Ich habe mir überlegt, dass wir ein kleines Fest veranstalten könnten, bevor Marie fährt. Um uns alle ein bisschen aufzuheitern. Ich habe Ruben und seine Freundin Jenny aus Stockholm eingeladen. Erinnerst du dich an Ruben? Du bist ihm mal begegnet, als du noch klein warst. Er ist Dichter und unheimlich nett«, sagte Isabella und sah mich an.

Ich wickelte die wurmähnlichen Spaghetti auf meine Gabel, drehte und drehte und stopfte dann alles in meinen Mund. Ohne zu antworten, kaute ich das Essen umständlich mit offenem Mund. Ich tat so, als ob mir die Nudeln im Hals stecken blieben, und stieß einen ekelhaften Laut aus, bevor ich schluckte und eine angewiderte Grimasse schnitt. Ich wusste, dass es für Isabella (abgesehen von Schmatzen und mit offenem Mund essen) nichts Schlimmeres gab, als wenn man sich weigerte, mit ihr zu reden. Das machte sie nervöser, als wenn man wütend wurde und rumschrie.

»Du kannst gerne Jonna und Sabina einladen. Ich könnte euch Apfelmost und Chips besorgen, wenn ihr mögt …«

Ich warf ihr einen verächtlichen Blick zu. Wie konnte sie auch nur daran denken, Freunde einzuladen und zu feiern? Wie kam sie auf die Idee, es könnte heiter werden, solange Papa nicht zu Hause war? Die Abscheu fühlte sich wie ein harter Kloß in meinem Brustkorb an.

»Bitte, Hanna, gib mir Antwort! Es wäre doch lustig, wenn Sabina und Jonna morgen auch kommen würden, oder nicht?«

Ich zuckte die Schultern.

»Sabina und ich sind nicht mehr befreundet.«

Isabella sah bestürzt aus.

»Aber Hanna, was ist passiert? So ernst kann es doch nicht sein?«

»Das wüsstest du, wenn es dich interessieren würde. Aber du fragst ja nichts mehr! Du hast keine Ahnung, wie es mir geht!«

Ich stand auf und knallte meinen leeren Teller auf die Anrichte.

Erst als ich die Treppe hochgerannt war und meine Zimmertür hinter mir zugeknallt hatte, ließ die Spannung ein bisschen nach. Ich schlug die Hände vors Gesicht und weinte. Langsam kam es mir vor, als wären Tränen ein natürlicher Bestandteil meines Lebens geworden, so wie Zähneputzen und Schlafen. Es war nicht toll, aber es war auch nicht wahnsinnig unangenehm. Nur etwas, das man eben tun musste.

AM nächsten Tag weigerte ich mich, vor die Tür zu gehen, obwohl schönes Wetter war. Stattdessen setzte ich mich in mein Zimmer und schnitt Bilder aus, die ich in Isabellas Magazinen fand. Auf einem waren zwei muskulöse, dunkelhäutige Männer, die eine blasse Frau trugen, auf einem anderen ein junger Mann im karierten Anzug – er hatte volle Lippen, und seine Haare sahen aus, als hätte sie gerade jemand mit den Händen durchgewuschelt.

Die Bilder hatten etwas Magisches, genau wie Papas Tätowierung. Die Haut der Papierfrauen schien auf eine Weise zu strahlen, wie es die Haut einer lebendigen Frau niemals tat. Ich klebte die Bilder an die Wand über meinem Bett, und als ich durch mein Zimmer ging, kam es mir vor, als würden ihre Augen mich verfolgen. Mal fühlte es sich an, als würde der zerzauste Mann mich bewundernd ansehen, mal wirkten seine Augen grimmig, als wäre er enttäuscht von mir. Dann bemühte ich mich schnell, besonders süß zu gucken und einen Schmollmund zu machen, genau wie die Models.

Aber trotz meiner Fantasien blieb die Unruhe in meinem Hinterkopf. Ich fragte mich, wo Papa war und was er tat.

Und plötzlich schien sich der Mann auf dem Bild in Papa zu verwandeln. Aber nicht in meinen richtigen Papa, sondern in den, der dumme Gänse mochte. In einen hämisch grinsenden Papa in engem Anzug und mit zerzausten Haaren, der eine andere anlächelte und nicht mehr Isabella und mich. Ich stellte mir auch die Hobbypoetin vor. Sie war bestimmt nicht so hübsch wie Isabella. Niemand war das. Aber vielleicht hatte sie größere Brüste. Große, fleischige Brüste.

Am Nachmittag fuhr Marie nach Torup, um Isabellas Freunde am Bahnhof abzuholen. Ich überlegte, ob ich Jonna zu dem Fest einladen sollte oder nicht, aber dann kam ich zu dem Schluss, dass ich das nicht wollte. Ich hatte Angst, sie könnte merken, dass bei uns etwas nicht stimmte, weil Papa nicht zu Hause war. Ich wäre gestorben, wenn sie etwas geahnt hätte. Sie und ihre Tratschmutter. Ich sah schon vor mir, wie sie zu Hause an ihrem Küchentisch saßen und sich geifernd wie ausgehungerte Hyänen auf die schlechten Neuigkeiten stürzten.

Von unten hörte ich, wie die Haustür aufging. Ein Mann lachte polternd und sagte: »Verdammt, siehst du gut aus, Süße! Du bist keinen Tag älter geworden, seit wir uns das letzte Mal getroffen haben!«

Isabella lachte gekünstelt.

»Merci, Monsieur! Ich habe in Jungfrauenblut gebadet.«

Ich hatte noch nie gehört, dass jemand Isabella Süße nannte, und ich fand es unmöglich, es passte auch gar nicht zu ihr. Isabella war nämlich *meine* Mutter und sie war mit *meinem* Vater verheiratet. Sie war nicht die Süße eines anderen. Eine fremde Frauenstimme war zu hören. Ich konnte nicht verstehen, was sie sagte, aber die Art, wie sie redete, gefiel mir nicht. Sie klang piepsig und unsicher, wie eine Maus. Noch bevor ich die beiden überhaupt kennengelernt hatte, konnte ich sie instinktiv schon nicht leiden.

»Hanna«, rief Isabella aus der Diele. »Komm runter und sag Ruben und Jenny hallo!«

Ich gab keine Antwort, sondern blätterte weiter in den Zeitschriften, die auf dem Boden verteilt lagen.

»Bist du oben, Hanna? Hanna!«, rief Isabella und ich stand widerwillig auf. Ich hasste es, wenn sie so nach mir rief. Als wäre ich ein Hund, der auf ihr Kommando zu kommen hatte.

Bevor ich aus dem Zimmer ging, warf ich einen hastigen Blick in den Spiegel und richtete meine Haare. Ich sah schrecklich aus, müde und traurig. Als ich runterkam, wirkte Isabella erleichtert und genervt zugleich.

»Ich dachte schon, du wärst nicht da. Ich habe ein paar Mal laut gerufen. Hast du mich gar nicht gehört?«

»Doch, hier bin ich doch«, antwortete ich.

Der Mann, dessen Stimme ich inzwischen kannte, hatte dunkelbraune Haare und einen Vollbart mit grauen Strähnen. Er trug einen karierten Anzug und sein Hemd war so ekelhaft weit aufgeknöpft, dass man seine buschigen Brusthaare sehen konnte. Sein Bauch ragte nach vorne wie ein Ballon, aber das kümmerte ihn offenbar nicht weiter.

Die Frau mit der piepsigen Stimme sah viel jünger aus als er. Sie war unheimlich dünn, hatte rote Haare, die ihr über die Schultern fielen, und ein nervös zuckendes Lächeln, wodurch sie noch unsicherer wirkte.

»Erinnerst du dich an Ruben? Ihr seid euch schon mal begegnete, aber da warst du noch klein«, sagte Isabella mit ihrer pseudofreundlichen Jetzt-reiß-dich-zusammen-Stimme.

Ich bemühte mich, Ruben einen möglichst eisigen Blick zuzuwerfen. Eine dicke Locke seiner wallenden Haare fiel ihm in die Stirn und seine braunen Augen erinnerten mich an einen treudoofen Hund. Ich fand ihn lächerlich. Fett und lächerlich mit seinem engen Hemd.

»Nein, ich kann mich nicht erinnern«, sagte ich.

Ruben schien sich kein bisschen an meinem kühlen Blick zu stören.

»Du kannst höchstens vier oder fünf gewesen sein, als ich dich das letzte Mal gesehen habe. Ich weiß noch, dass du eine rote Mütze aufhattest und dich geweigert hast, sie abzunehmen. Ich habe dich Rotkäppchen genannt! Ja, Mensch, wie die Zeit vergeht! Das ist meine Freundin Jenny.«

Die Rothaarige begrüßte mich und lächelte steif – es sah aus, als würde sie ihre Lippen über die Zähne spannen. Ihre Hand war kalt und fühlte sich teigig an, obwohl sie ganz schmal war.

»Ach, ist das schön, euch hierzuhaben!«, rief Isabella, die ihre hochhackigen Schuhe und ein kurzes, schwarzes Kleid mit tiefem Rückenausschnitt angezogen hatte. Für ein Fest mit alten Freunden sah sie viel zu aufgetakelt aus, dachte ich für mich.

Nach dem Abendessen, als Dag im Bett war, mixten Isabella und Marie in der Küche Drinks und die Gespräche wurden immer lauter. Marie und Isabella lachten, sobald Ruben etwas sagte, obwohl es ungefähr genauso witzig gewesen wäre, das Telefonbuch zu lesen. Ich saß mit meiner Limo am Küchentisch und knabberte ab und zu ein paar Chips aus der Schale, die vor mir stand.

Ruben erzählte irgendetwas über den Literaturkritiker einer Zeitung, der sein letztes Buch besprochen hatte. Wie verstockt dieser Kritiker war. Verstockt. Ich sah einen Mann vor mir, der als Baum verkleidet war. Jenny, die neben Ruben saß und die anderen unruhig beobachtete, war die Einzige, die nicht viel sagte.

»Was für eine geschmackvolle Mutter du hast. Die anderen Kinder an der Schule müssen dich beneiden«, sagte Ruben und zwinkerte mir zu.

»Nein, ich glaube nicht«, erwiderte ich.

Ruben zog die Augenbrauen hoch.

»Aber denk doch mal an die ganzen langweiligen Mamas, die rumlaufen wie ihre eigene Oma! Mit Omakleidern und Omafrisur. So sah meine Mutter auch aus, als ich klein war. Blümchenkleid und rosa Lockenwickler. Das wäre doch nichts für dich, oder?«

Er sagte es mit verschwörerischer Stimme, als fände er es lustig. Als sollte ich jetzt lachen. Oh, wenn Papa doch nur zu Hause gewesen wäre, dann wäre dieser grässliche Ruben nie hier aufgetaucht! Dann hätte ich nicht mit ansehen müssen, wie Isabella sich für ihn zurechtmachte. Ich hätte nicht mit ansehen müssen, wie sie sich nach vorne beugte, sodass ihr Kleid hochrutschte und man die schwarze Unterhose zwischen ihren Beinen sehen konnte.

Sobald Jenny aufstand, um auf die Toilette zu gehen, lehnte sich Ruben zu Isabella und sagte laut und deutlich: »Du bist verdammt hübsch, und du weißt, dass ich schon immer dieser Meinung war. Jüngere Männer wissen einfach nicht, was gut ist. Du hättest auf mich setzen sollen.«

Isabella lachte, aber ich konnte sehen, dass sie bis zum Hals rot anlief. Lauter hellrote, unregelmäßige Flecken. Sie warf Ruben einen spöttischen Blick zu.

»So hast du früher nicht geredet.«

Ruben lachte laut.

»Nein, da war ich ja auch noch jung. Jung und dumm!«

Ich stand auf. Noch eine Sekunde länger in dieser Küche, und ich musste kotzen.

»Ich gehe noch ein bisschen zu Jonna«, sagte ich.

»Aber es ist schon acht, ist das nicht zu spät, um noch spielen zu gehen? Ich habe schon was getrunken, ich kann dich nicht abholen. Und die anderen auch nicht«, sagte Isabella.

»Ich gehe nicht zu ihr nach Hause. Wir treffen uns nur kurz am Kiosk. Da sind noch viele andere, da ist nichts dabei.«

Normalerweise hätte Isabella jetzt protestiert, aber so trank sie nur einen Schluck trockenen Martini und steckte sich eine Zigarette an. Ich hatte das vage Gefühl, dass sie froh war, mich los zu sein.

»Okay, aber bleib nicht zu lange weg, mein Schatz, du weißt, dass ich mir sonst Sorgen mache. Sei bitte spätestens um zehn zu Hause.«

Ich nickte, dann zog ich mir Schuhe und Jacke an und ging. Die Sonne wärmte nicht mehr und die Bäume warfen lange Schatten. Ich sah mich um, ratlos und lustlos. Ich hatte überhaupt nicht vor, mich mit Jonna zu treffen. Die Wahrheit war, dass ich keine Ahnung hatte, wohin ich jetzt gehen sollte. Ich wusste nur, dass ich hier wegmusste.

EIN kalter Wind ließ mich frösteln und ich bekam Gänsehaut unter meiner dünnen Jacke. Der Sommer war wirklich vorbei. Es war immer noch ziemlich hell draußen, aber die Blumen am Straßenrand waren verblüht und es roch nach Herbst.

Die Hände tief in den Taschen, ging ich die Landstraße entlang und versuchte, nicht zur Seite in den Wald zu schauen. Der verzweifelte Wunsch, zu Hause rauszukommen, hatte mich die Angst fast vergessen lassen, die jetzt wieder heraufkroch, heimtückisch und zischelnd. In meinem Kopf entstanden albtraumhafte Bilder von Linda. Bleich, mit Würgemalen am Hals. Die Augen ängstlich aufgerissen. Sich auf dem Boden windend, in dem Versuch, sich loszureißen.

Ich versuchte, die unheimlichen Gedanken loszuwerden, den Kopf frei zu bekommen. Versuchte, an etwas Schönes zu denken, an Parfums und Lippenstifte. Wenn ich erwachsen war, würde ich mir genau solche Sachen kaufen wie die in Isabellas Modezeitschriften. Ich würde geschlitzte Röcke tragen und hochhackige Glitzerschuhe. Dann würde ich mich vor Olssons Laden stellen und alle würden mich mit offenem Mund anstarren und denken: »Ist das da wirklich Hanna? Unglaublich, wie hübsch sie geworden ist!« Janek würde mich natürlich auch sehen und sich auf der Stelle in mich verlieben.

Neben mir bremste ein Auto ab und mein Herz schlug bis zum Hals. Ein älterer Mann ließ das Seitenfenster runter und streckte den Kopf raus. Der Mörder, dachte ich instinktiv. Ich hatte Angst, er würde mich ins Auto zerren, also machte ich ein paar Schritte rückwärts in Richtung Wald. Aber ich entspannte mich ein bisschen, als ich sah, dass er nicht alleine war. Auf dem Beifahrersitz saß eine grauhaarige Frau, die Hände gefaltet im Schoß liegend.

Der Mann fragte auf Englisch mit starkem deutschem Akzent, ob ich den Weg nach Torup wusste. Ich antwortete nicht sofort, und der Mann wiederholte, was er gesagt hatte. Betonte übertrieben deutlich jedes Wort, als wäre ich total bescheuert.

»It's that way, I think«, antwortete ich und zeigte mit dem Finger geradeaus.

Der Mann zuckte genervt die Schultern und sagte etwas Mürrisches auf Deutsch zu der Frau. Sie antwortete nicht. Saß nur da und starrte nach vorne. Ich fragte mich, ob sie schlief. Aber gerade als das Auto wieder anfuhr, drehte sie den Kopf und ich erschrak. Ihre Augen waren vollkommen weiß.

Das Auto fuhr weiter und bald war es nicht mehr zu sehen. Ich blieb an der Straße stehen, mit schweißnassen Händen und klopfendem Herzen. Leckte mir meine

Oberlippe. Sei nicht albern, Hanna, dachte ich. Der Typ hat nur gehalten, um nach dem Weg zu fragen. Nicht alle Menschen sind Mörder.

Aber in diesem Moment machte mir nicht nur der Mörder Angst. Als ich dem Kiosk näher kam, kehrte auch die alte Nervosität zurück. Was, wenn Matte und Krille da waren? Was, wenn ich ganz alleine mit ihnen sein würde? Sie könnten alles Mögliche mit mir machen und niemand würde etwas mitbekommen.

Aber weder Matte noch Krille waren da. Vor dem Kiosk standen ein paar Typen mit ihren Mopeds. Viele von ihnen rauchten und einige hatten Plastiktüten voller Bierdosen an den Lenkern hängen. Einer von ihnen pfiff mir nach, als er mich entdeckte. Ich wusste, dass er Steffo hieß und gelegentlich andere verprügelte.

Ich ignorierte das Pfeifen und ging zur Monsterbusen-Sissela, die hinter der Theke stand. Unter der karierten Schürze hatte sie weiße Stretch-Jeans und ein fleckiges T-Shirt an. Man sah sofort, warum die Jungs an der Schule ihre Brüste Melonen nannten. Angeblich hatten ein paar Sechstklässler ihr sogar Geld dafür gegeben, dass sie ihren Busen anfassen durften. Aber ich wusste nicht, ob das Gerücht stimmte.

»Eine Fanta«, sagte ich.

»Macht zehn Kronen.«

Ich zählte die Münzen in der Tasche ab. Die Blicke der Jungen machten mich nervös. Das Geld fiel mir auf den Boden, und als ich mich bückte, um es aufzuheben, lachte jemand. Schauten sie auf meinen Hintern? Hastig richtete ich mich auf. Als ich noch einmal nachzählte, fehlten zwei Kronen.

»Ich habe nur acht Kronen. Aber dann nehme ich einfach einen Saft.«

Sissela stöhnte genervt. Ich betrachtete ihr mürrisches Gesicht und die riesigen Brüste. Obwohl sie ein Stück entfernt stand, stieg mir der scharfe Schweißgeruch, den ihre Achseln verströmten, in die Nase.

»Welche Sorte? Birne oder Apfel?«

»Birne. Oder nein, Apfel.«

»Also was jetzt? Birne oder Apfel?«

»Apfel«, murmelte ich.

Ich stellte mich ein Stück abseits und zog das knisternde Plastik vom Strohhalm ab. Steffo kam näher. Er war über eins neunzig groß, breitschultrig und eher dick. Seine Hände und Füße waren riesig und seine Nase ein bisschen schief, als hätte sie einen Schlag abbekommen.

»Wie heißt du?«, fragte er.

»Hanna.«

»Wie alt bist du?«

Die anderen Jungs hatten aufgehört zu reden und hörten uns zu, aber seltsamerweise machte es mir keine Angst. Ich fühlte mich anders. Vielleicht lag es daran, dass sie nicht wussten, wer ich war. Oder an meiner neuen Frisur, mit der ich mich älter fühlte.

»Rate mal«, sagte ich kühn und trank einen kleinen Schluck Apfelsaft.

»Vielleicht fünfzehn? Aber an der Schule habe ich dich noch nie gesehen.«

Ich lächelte zufrieden. Was sprach dagegen zu lügen, nur ein kleines bisschen? Vermutlich würde ich die Jungs nie wieder sehen.

»Ja, stimmt. Ich bin fünfzehn.«

»In welche Klasse gehst du denn?«, fragte ein anderer mit braunen Locken und Bartstoppeln. Er war im Stimmbruch und seine Stimme ging rauf und runter wie ein Jo-Jo.

»9d«, sagte ich.

Steffo sah verwirrt aus.

»9d. Bist du mit Fidde Bengtsson in einer Klasse?«

Ich nickte und schlürfte ein bisschen mehr Apfelsaft.

»Willst du eine?«, fragte Steffo und hielt mir eine rote Schachtel Marlboro hin. Ich starrte die Zigaretten an. Obwohl Isabella rauchte, hatte ich nie das Bedürfnis gehabt, es auch zu versuchen. Rauchen stank ekelhaft, und Isabella sagte immer, es wäre dumm. Dass man davon Falten bekam und gelbe Zähne. Trotzdem rauchte sie weiter. Ich konnte es wirklich nicht verstehen.

»Nein, danke.«

Steffo grinste. »Komm schon, hast du etwa noch nie geraucht?«

»Doch, aber ich habe heute keine Lust drauf.«

Steffo lachte. Aber nicht böse. Dann nahm er seine eigene Zigarette und hielt sie mir vor den Mund. Wie hypnotisiert schaute ich zu, wie die glühende Zigarette sich meinen Lippen näherte.

»Du musst keine Angst haben«, sagte er. »Du darfst nur nicht zu tief inhalieren.«

Vorsichtig zog ich den Rauch in den Mund. Es schmeckte nach Fabrikluft und ich musste einen Hustenanfall unterdrücken.

»Irgendwann ist immer das erste Mal«, sagte Steffo und lächelte. »Wer ist denn noch in deiner Klasse?«

»Ach, eine Menge Leute … fällt mir gerade nicht ein.«

Steffo runzelte die Stirn.

»Bist du sicher, dass du in die 9d gehst? Oder bist du vielleicht gar nicht fünfzehn?«

Ich wurde rot, aber er lachte nur.

»Alles gut, ich mache nur Spaß. Willst du was haben? Ich könnte dich zu einer Wurst einladen.«

Ich schüttelte den Kopf. »Total nett von dir, aber ich habe keinen Hunger. Außerdem muss ich langsam nach Hause.«

Im Weggehen spürte ich Steffos Blicke und die der anderen im Rücken. Aber erstaunlicherweise machte mich das nicht nervös, sondern stolz. Als hätte ich soeben einen Test bestanden. Fühlte es sich so an, beliebt zu sein? Jungs, die einen anstarren. Blicke, die jede noch so kleine Bewegung verfolgen. Beliebt, genau wie Linda.

Es wurde schon dämmrig. Als ich an Janeks Haus vorbeiging, waren die Schranken unten, und ich musste warten, bis der Zug durchgefahren war. Während ich so dastand, schaute ich in seinen Garten. An einer Wäschespinne hingen Bettlaken und Kleidung. Ich fragte mich, ob etwas davon ihm gehörte. Vielleicht das weiße Hemd? Oder die abgeschnittenen Jeans?

Der Güterzug polterte vorbei. Als ich klein war, malte ich mir immer aus, wohin der Zug fuhr. Ich stellte mir vor, dass in den Wagen lauter Zirkustiere waren: Bären, Zebras und Pferde mit glitzernden Federbüschen.

Als die Schranken hochgingen, überquerte ich die Gleise, schaute mich um und wappnete mich für die schlimmste Strecke, wo der Wald am dunkelsten und kein Haus in der Nähe war.

Die Straßenlaternen warfen gelbe Lichtkegel auf den Asphalt, aber im Wald war es stockfinster wie in einer Winternacht. Am sichersten ist es, den restlichen Heimweg zu rennen, dachte ich. Wenn ich so schnell lief, wie ich konnte, würde mich niemand erwischen. Also rannte ich los. Rannte über die Brücke mit dem grünen Metallgeländer. Rannte, dass meine Schuhsohlen auf den harten Asphalt klatschten und ich Seitenstechen bekam.

Erst als ich die Einfahrt zu unserem Haus erreicht hatte, wurde ich langsamer und drehte mich um. Da sah ich ihn. Ein Stück die Straße hinunter stand ein Mann. Als ich mich umdrehte, verschwand er im Wald wie ein scheues Tier.

ICH stürmte auf den Hof und riss die Haustür auf. Aber niemand bemerkte meinen dramatischen Auftritt. Marie, Isabella und Ruben tanzten im Wohnzimmer, während die Rothaarige mit einem Drink in der Hand auf dem Sofa saß. Ihre Knie waren auseinandergerutscht, und sie starrte in die Luft, als wünschte sie sich an einen weit entfernten Ort.

Die Musik dröhnte und Isabella und Marie grölten den Text mit: »Ever fallen in love, in love with someone, you shouldn't 've fallen in love with.«

Ich hätte Isabella gerne von dem Mann erzählt, aber das konnte ich jetzt vergessen. Sie würde mir sowieso nicht zuhören.

»Hanna!«, rief Marie und schwankte leicht. Isabella sah mich, aber sie hörte nicht auf zu tanzen. Sie wedelte mit den Händen in meine Richtung und rief: »Komm und tanz mit uns, Hanna, es ist so lustig!«

Dann drehte sie eine alberne Pirouette und legte die Arme um Rubens Hals. Er lachte und schaute sie mit glasigen Augen an.

»Nein, ich gehe jetzt schlafen«, sagte ich und verzog

mich ins Bad. Während ich mir die Zähne putzte, dachte ich an den Mann auf der Straße. Hatte ich wirklich einen Menschen gesehen oder hatte ich mich in der Dunkelheit geirrt? Wahrscheinlich war es doch nur ein Reh gewesen.

MITTEN in der Nacht wurde ich wach, weil ich aufs Klo musste. In meinem Zimmer war es stockdunkel, und es dauerte einen Moment, bis ich etwas erkennen konnte. Ich wartete. Aus dem warmen Bett aufzustehen, war nicht gerade verlockend, aber jetzt musste ich so dringend, dass mir schon die Blase wehtat.

Vorsichtig tastete ich mich auf der Treppe nach unten. Im Wohnzimmer und der Küche war alles dunkel, aber in der Diele brannte noch Licht. Ich ging auf die Toilette und pinkelte schnell, um den schönen Schlaf nicht aus dem Körper zu vertreiben. Gerade als ich zurück ins Bett gehen wollte, hörte ich ein leises Stöhnen. Erschrocken schaute ich mich um, aber im Dunkeln konnte ich nichts erkennen. Da hörte ich wieder so ein unheimliches Stöhnen, dieses Mal langgezogen. Es kam aus dem Wohnzimmer. Vielleicht schlief Isabella dort und hatte einen Albtraum?

»Mama?«, flüsterte ich und tastete mich vor. Obwohl es lange her war, dass ich sie Mama genannt hatte, fühlte es sich in diesem Moment nicht fremd an. Im Gegenteil, hier in der Dunkelheit klang es ganz natürlich. Ich erinnerte mich an die vielen Albträume, die ich als kleines Kind gehabt hatte. Wie ich in Mamas und Papas Bett gekrochen war und zwischen ihnen schlafen durfte. Dort hatte ich mich geborgen gefühlt. Dort, wo kein Monster der Welt mich erreichen konnte.

Trotz der Dunkelheit konnte ich erkennen, dass da wirklich Isabella auf dem Sofa lag. Ihre blonden Haare fielen offen über die Sofakante. Aber sie war nicht alleine. Geschockt blieb ich wie angewurzelt stehen. Ruben kniete vor ihr und küsste ihren Hals, während seine Hände an ihrem Körper hinunterwanderten. Es sah aus, als würde er sie fressen, wie ein Vampir. Als würde er ihr alles Blut aussaugen.

Ich wollte schreien. Aber wie sollte ich je wieder normal mit ihr reden können, wenn sie erfuhr, was ich gesehen hatte? Ich drehte mich um und rannte in mein Zimmer. Meine Schritte hallten auf der Treppe, und ich lief rot an, als mir klar wurde, dass sie mich gehört haben mussten. Vorsichtig kroch ich ins Bett und zog mir die Decke über den Kopf.

Es war schon nach halb elf, als ich in die Küche kam. Die Sonne schien durch das offene Fenster, der Zigarettenrauch hatte sich verzogen und es duftete nach Kaffee. Isabella stand am Herd und briet Rührei, Tomaten und Speck. Ich fragte mich, ob das, was ich in der Nacht gesehen hatte, wirklich passiert war. Oder war alles nur ein seltsamer Traum gewesen?

»Guten Morgen!«, sagte Isabella schnell.

»Wo sind die anderen?«

»Ruben und Jenny mussten einen frühen Zug erreichen, deshalb hat Marie die beiden zum Bahnhof gebracht. Sie hätten sich auch gerne noch von dir verabschiedet, aber sie musste wieder nach Hause, um zu arbeiten.«

Ich setzte mich auf die Küchenbank und Isabella servierte mir das Frühstück.

Vor lauter Angst, meine Augen könnten mich verraten, weil sich die Erinnerung an sie und Ruben darin eingebrannt hatte, wich ich ihrem Blick aus.

Sie stand dicht neben mir. Sie duftete nach Vanille und Veilchen. Normalerweise mochte ich den Geruch sehr gerne, aber jetzt kam mir das süßliche Parfum abstoßend vor und der Anblick der sonnengebräunten Haut in ihrem Ausschnitt ekelte mich. Sie strich sich eine Haarsträhne hinter das Ohr.

»Hanna, ich habe vorhin mit Papa gesprochen und er kommt heute. Ich will nicht, dass du enttäuscht wirst, deshalb werde ich dir nichts versprechen, aber so, wie es im Moment aussieht … Nun, ich vermisse ihn, und ich wünsche mir, dass er zurückkommt. Dass wir einen Neuanfang versuchen.«

Ich schaute sie an und sie lächelte vorsichtig.

»Freust du dich nicht?«

»Doch«, sagte ich. Aber ich kapierte rein gar nichts mehr.

ICH stand in meinem Zimmer und schaute aus dem Fenster, als das Auto in die Einfahrt bog. Ich hatte beschlossen, nicht zu ihm rauszugehen. Er sollte zu mir kommen.

Papas lange Gestalt faltete sich wie eine Ziehharmonika aus dem Auto. Er sah sich verwirrt um, als wäre er zum ersten Mal hier. Genau wie die vielen deutschen Touristen, die ihr Sommerhaus suchten.

Er bückte sich, zog seine Reisetasche aus dem Auto und einen Blumenstrauß, der in Papier eingeschlagen war. Dann hörte ich, wie die Haustür aufging und Isabella auf den Hof kam. Sie sah steif und reserviert aus, die Arme dicht vor dem Körper verschränkt, als wäre ihr kalt. Papa reichte ihr den Strauß und sah dabei sehr klein aus. Wie ein nervöser Schuljunge. Als sie die Blumen entgegennahm, schaute er auf den Boden und hielt sich die Hand vors Gesicht. Sie schienen miteinander zu reden, dann gingen sie langsam zum Haus.

Mein Herz klopfte erwartungsvoll. Gleich würde die Tür aufgehen. Gleich würde Papa ins Haus kommen und rufen: »Hannamaus, wo bist du?« Seine warme Stimme würde die Diele erfüllen und mich in Sicherheit betten und alles würde wieder wie früher sein. Dieser andere hämisch feixende Betrüger-Papa, den ich mir zusammenfantasiert hatte, würde verschwinden. Sich in Luft auflösen.

Die Tür ging auf, und ich hörte, wie sich Papa die Schuhe auszog und sein Sakko aufhängte. Ich faltete die Hände. Jetzt ruf doch schon! Warum kam er nicht?

Ich wollte ihm erzählen, was alles passiert war, und er sollte sagen, dass es richtig gewesen war, Sabina zu erzählen, was Matte getan hatte. Dass die Zeit alle Wunden heilte und dass einem solche Leute egal sein sollten.

Ich zögerte, aber dann ging ich doch die Treppe hinunter. Ich bemühte mich, entspannt auszusehen, als hätte ich in Wahrheit nicht eine halbe Ewigkeit gewartet, gehofft und mich nach ihm gesehnt. Als wäre ich nur eben auf dem Weg in die Küche, um ein Glas Milch zu trinken.

Papa stand mit dem Rücken zu mir. Er hatte Dag auf dem Arm und Isabella hatte die Arme um beide geschlungen. Sie sahen aus wie drei Puzzleteile, die perfekt ineinanderpassten. Mit einem stechenden Schmerz erkannte ich plötzlich, dass ich offenbar dieses eine Puzzleteil war, das in der falschen Schachtel gelandet war und nirgendwo passte. Ohne ein Wort zu sagen, zog ich mich lautlos in die Diele zurück und schlüpfte in meine Turnschuhe.

VOR dem Kiosk war niemand. Ich stellte mich trotzdem hin und steckte mir einen Kaugummi in den Mund. Ich dachte daran, wie ungerecht es war, dass Papa sich ausgerechnet aus mir am wenigsten machte, obwohl ich ihn am meisten vermisst hatte. Isabella hatte er überhaupt nicht gefehlt und trotzdem bekam sie Blumen. Schöne Blumen, die in Papier eingewickelt waren.

Ich erinnerte mich daran, wie ich als kleines Kind manchmal auf seinem Schoß saß und seinen breiten Siegelring betrachtete.

»Das ist ein magischer Ring«, sagte er dann immer. »Wenn man ihn dreht, darf man sich etwas wünschen.« Ich machte die Augen zu, drehte den Ring und wünschte mir, eine berühmte Zirkusprinzessin zu werden, so wie Elvira Madigan.

Oh, hätte sich Isabella doch nie damit durchgesetzt, noch ein Kind zu bekommen! Dann wäre Papa vielleicht nie mit dieser dämlichen Gans abgehauen und Isabella hätte vielleicht nie so auf dem Sofa gelegen und … Nein, es war so schrecklich, dass ich gar nicht daran denken wollte. Mir wurde schlecht. Am liebsten hätte ich mich übergeben, aber ich konnte nicht. Ich war drei Mal auf der Toilette gewesen, nachdem Isabella mir erzählt hatte, dass Papa nach Hause kommen würde. Mein Magen war leer.

Als ich gerade glaubte, das Leben könnte nicht schlimmer werden, kamen Matte, Krille und Sabina. Sie stiegen von ihren Rädern und lehnten sie an die Wand des Kiosks. Matte bestellte Wurst und Limo für sich und Sabina.

»Äh, Sabbe, willst du Fanta oder Cola?«, rief er.

»Fanta«, antwortete Sabina und warf mir gleichzeitig einen bösen Blick zu.

»Wie immer«, sagte Krille zu Sissela, bevor er sich räusperte und auf den Boden spuckte. Als er seinen Burger bekommen hatte, baute er sich dicht vor mir auf und aß mit offenem Mund, sodass ihm die rosa-weiße Soße am Kinn hinunterlief. Die ganze Zeit starrte er mich dabei aus unheimlichen, kalten Augen an.

Ich schaute zu Sabina. Obwohl sie sauer auf mich war, war es beruhigend, dass sie in der Nähe war. Aber sie war vollauf mit Knutschen beschäftigt. Als wollte sie mir beweisen, wie unglaublich verknallt sie und Matte waren.

Krille beugte sich vor und zischte mir ins Ohr: »Solche Schlampen wie du sollten lieber vorsichtig sein. Du weißt ja, wie es Linda ergangen ist.« Er legte sich eine Hand an den Hals, verdrehte die Augen und ließ die Zunge aus seinem verzerrten Mund hängen. Mein Magen verkrampfte sich, und ich sah ihm an, dass er merkte, wie ich Angst bekam. Das machte ihn nur noch gehässiger. Als würde meine Angst ihn anstacheln.

»Schade, dass er Linda erwischt hat und nicht dich«, sagte er, während er den letzten Bissen seines Hamburgers herunterschluckte und rülpste.

Ich starrte ihn an. Wenn ich seinem Blick auswich, hatte er gewonnen, aber das durfte nicht passieren.

»Schade, dass er nicht dich erwischt hat«, sagte ich. Aber es klang nicht halb so forsch, wie ich gehofft hatte. Eher wie ein Kind, dass einen Erwachsenen nachäfft. Sein hämisches Grinsen verschwand.

»Was hast du gesagt?«

»Ich habe gesagt, dass ... dass es schade ist, dass er nicht dich erwischt hat.«

Krille machte einen Schritt auf mich zu, und bevor ich etwas dagegen tun konnte, legte er seine Hände um meinen Hals.

»Was soll das?«, keuchte ich. Meine ganze Selbstsicherheit hatte sich mit einem Schlag in Luft aufgelöst – er konnte von mir aus gewinnen, soviel er wollte, solange er mich nur in Ruhe ließ.

»Halt's Maul! Wenn ich jetzt zudrücke, bist du tot. Kapiert?«

Ich wagte nicht zu antworten vor lauter Angst, er würde seine Daumen noch fester auf meinen Kehlkopf drücken.

»He, Krille, lass sie«, sagte Matte.

»Ich mache doch nur Spaß«, sagte Krille und ließ meinen Hals los.

Er feixte. »Ein bisschen Spaß wird doch wohl erlaubt sein, oder?«

Sabina schaute mich an, und ich glaubte, so etwas wie Schuldgefühle zu erkennen. Aber sie sagte nichts.

Im selben Moment, in dem Krille mich losließ, hielten zwei Mopeds vor dem Kiosk. Es waren Steffo und sein Freund mit den Locken.

»Hey, Baby!«, sagte Steffo und lachte mich mit tabakgelben Zähnen an. Dann fiel sein Blick auf Krille und sein Lächeln erstarb.

»Ach was, ist das nicht der kleine Pisser? Hab ich dir nicht gesagt, du sollst dich von hier fernhalten? Oder willst du noch mehr Prügel?«

Krille schaute auf den Boden und schüttelte den Kopf.

»Ich hab nicht gehört, was du gesagt hast! Willst du eine aufs Maul?«, fragte Steffo.

»Nein«, murmelte Krille.

Steffo ignorierte ihn und sah mich an.

»Was willst du hier mit der Witzfigur? Hast du Lust auf eine Spritztour mit dem Mofa? Ich nehme dich hinten drauf und wir fahren nach Hyltebruk.«

Sabina und Matte glotzten mich an.

»Ich hab leider keine Zeit«, sagte ich.

Steffo lächelte und gab sich Mühe, dabei süß auszusehen. Meiner Meinung nach sah er mit seinen buschigen Augenbrauen und dem flaumigen Oberlippenbart allerdings eher aus wie ein Pavian.

»Ach, komm schon! Bitte!«

»Nein, es geht wirklich nicht. Ich wollte gerade los.«

»Okay. Dann ein andermal. Und du, Pisser, du hast heute verdammtes Glück.«

Steffo und seine Kumpels ließen ihre Mofas aufjaulen und fuhren in einer Abgaswolke davon. Als sie hinter der Kuppe verschwunden waren, spuckte Krille in einem Versuch, seine Ehre wiederherzustellen, auf die Straße. Aber er war geschrumpft und alle wussten es. Er schaute mich an und seine kalten Fischaugen hatten einen heuchlerischen Zug angenommen.

»Du weißt doch, dass ich nur Spaß gemacht habe, oder?«

Unsere Blicke begegneten sich und ich schauderte. Ich spürte noch immer schmerzhaft seine knochigen Finger am Hals.

»Das war nicht witzig.«

»Wie, nicht witzig? Verstehst du etwa keinen Spaß?«

Matte ließ Sabina los und kam zu uns.

»Halt die Klappe, Krille«, sagte er und musterte mich neugierig. »Woher kennst du Steffo?«

»Ach, ich hänge nur manchmal mit ihm rum. Aber jetzt muss ich wirklich nach Hause. Tschüss!«

Ich war ein kurzes Stück gegangen, als ich leichte Schritte hinter mir hörte. Sabina war mir nachgerannt, um mich einzuholen.

»Bist du noch sauer?«, fragte sie.

Ich schaute sie fest an.

»Ich habe nicht gelogen.«

Sie kratzte sich im Nacken.

»Mann, Hanna, musst du immer recht haben? Okay, vielleicht hast du ja nicht unbedingt gelogen. Aber Matte sagt, er hat dich wirklich nicht festgehalten.«

»Du, ich muss jetzt los. Wir sehen uns in der Schule.«

Ich drehte mich um und hörte, wie sie langsam zum Kiosk zurückging.

Als ich an Janeks Haus vorbeikam, warf ich einen sehnsüchtigen Blick zur Tür, aber alle Lichter waren aus, als wäre die Familie verreist.

Ich war so erleichtert, Krille los zu sein, dass ich total vergaß, mich vor Schatten und knackenden Zweigen zu fürchten. Ich dachte nur daran, wie schön es werden würde, nach Hause zu kommen. Vielleicht hatte Papa mich inzwischen vermisst? »Entschuldige, Hanna«, würde er sagen und mir einen noch viel größeren Blumenstrauß überreichen. Dann würden sie mich zusammen in den Arm nehmen, Isabella und Papa, genau, wie sie es mit Dag gemacht hatten.

Eine Eule rief und ich zuckte zusammen. Sofort tauchten die schrecklichen Bilder wieder in meinem Kopf auf. Linda mit Würgemalen um den schmalen Hals. Der Mann, der im Wald verschwunden war. Die Blutflecken bei Schrott-Einar.

»Lieber Gott, mach, dass mir nichts passiert«, betete ich stumm.

Aber es gab wohl keinen Gott oder aber er hörte mich nicht, denn genau in diesem Moment entdeckte ich ein Stück die Straße hinunter einen Mann. In der Dämmerung konnte ich sein Gesicht nicht erkennen, aber ich sah, dass er groß und breitschultrig war. Mit entschlossenen Schritten kam er geradewegs auf mich zu. Ich schaute mich um, hoffte, dass noch jemand anderes in der Nähe wäre, aber die Straße lag menschenleer hinter mir. Nicht mal ein Auto war zu hören. Links und rechts war nichts als Fichtenwald, und ich wusste nicht, was schlimmer war – der dunkle Wald oder der fremde Mann.

Der Mann ging jetzt immer schneller. Mein Herz klopfte und ich erstarrte. Ich wollte nicht sterben. Noch lange nicht. Nicht jetzt, wo endlich alles wieder in Ordnung kam. Er hob den Arm und mein Magen zog sich zusammen. Meine Unterhose wurde warm. Nein, das durfte nicht sein! Das letzte Mal hatte ich mir in die Hose gemacht, als ich winzig klein war.

»Hanna!« Es dauerte eine Zehntelsekunde, bis mir dämmerte, dass der Mörder meinen Namen wusste und ich erkannte die Stimme. Tränen stiegen mir in die Augen, als ich auf ihn zulief.

»Hanna, wo in aller Welt hast du gesteckt? Wir haben uns Sorgen um dich gemacht«, sagte Papa. Er hatte abgenommen, man sah es ihm an. Die Haut unter seinen Augen schimmerte bläulich, als hätte er einige Nächte schlecht geschlafen.

»Und wo warst du?«, fragte ich.

Papa schaute auf den Boden. Er trug sein braunes Cordsakko und einen Strickpullover und hatte offensichtlich ein schlechtes Gewissen. Ich hielt es kaum aus, ihn so fertig zu sehen. Aber gleichzeitig war ich wütend auf ihn, weil er mich im Stich gelassen hatte und weil ihm eine andere wichtiger gewesen war als wir.

»Bist du nicht mehr mit ihr zusammen? Mit dieser Frau, in die du so schrecklich verliebt warst?«

Papa nahm seine Brille ab und rieb sich die Augen.

»Nein, bin ich nicht. Es war ein Irrtum. Gott, ich weiß nicht, wie ich …«

Als er mich in den Arm nahm, kamen mir die Tränen, aber nicht, weil ich traurig war, sondern erleichtert. Weil er kein Mörder war, der mich vergewaltigen und erwürgen wollte. Und weil nicht die ganze Schule erfahren würde, dass ich mir in die Hose gemacht hatte. (Ich sah schon die Schlagzeilen vor mir: Opfer mit vollgepinkelter Unterhose aufgefunden.) Wäre ich tot gewesen, wäre es mir zwar vermutlich egal gewesen. Aber trotzdem.

»Komm. Lass uns nach Hause gehen und etwas zu Abend essen«, sagte Papa und gewann ein wenig seiner alten Autorität zurück.

»Okay«, sagte ich.

Ich hoffte, das jetzt alles normal werden würde, aber irgendwo tief in mir drinnen wusste ich, dass es nie wieder sein würde wie früher.

ICH stand am Schultor und Jonna kam auf mich zu. Sie ging langsam, als hätte sie alle Zeit der Welt. Auf dem Rücken trug sie den senfgelben Fjällräven-Rucksack, den sie hatte, seit ich sie kannte.

»Hattest du ein schönes Wochenende?«, fragte sie.

»Ganz okay. Und du?«

»Wir waren mit meinem Onkel angeln. Ich habe zwei große Barsche gefangen und er nur einen kleinen. Er war total sauer deswegen. Ich habe ihn den ganzen Abend damit aufgezogen.«

»Das ist ja lustig«, sagte ich. Jonna war wie immer und das war irgendwie schön, denn mir kam es vor, als ob sich alles andere in meinem Leben geändert hätte.

In der Pause wollten Jonna und ich gerade zum Klettergerüst gehen, als Sabina uns einholte.

»Hanna, ich muss mal mit dir reden. Jonna, ist es okay, wenn ich kurz mit Hanna alleine spreche?«

Jonnas Blick verdüsterte sich.

»Klar, ich geh schon mal vor«, sagte sie.

»Mach das, ich komme gleich«, sagte ich und schaute

ihr nach. Eigentlich hätte ich Sabina am liebsten stehen lassen, genau wie sie es mit mir gemacht hatte. Sie war mit dem widerlichen Matte zusammen. Sie hatte gesehen, wie Krille mich vor dem Kiosk gewürgt hatte, und trotzdem nichts getan!

Sabina biss sich auf die Unterlippe.

»Das, was du neulich über Matte und Krille gesagt hast ... Ich glaube dir. Die beiden können manchmal ganz schön kindisch sein.«

Ich zögerte. Versuchte sie, mich irgendwie auszutricksen?

Eine Gruppe Erstklässler stellte sich neben uns auf, um Springseil zu springen. Ein Mädchen mit Rattenschwänzen und rosa Strumpfhose verkündete lautstark die Regeln. Wie klein sie aussahen, dachte ich. Vor Kurzem gehörten Jonna und ich noch zu den Kleinen und jetzt waren wir plötzlich die Ältesten an der Schule.

»Komm, wir gehen woandershin«, sagte Sabina und zog mich am Arm. Wir stellten uns ein Stück abseits, wo niemand uns hören konnte. Sie sah nervös aus, als hätte sie Angst, ich könnte einfach gehen.

»Matte und ich haben Schluss gemacht.«

»Aber gestern habt ihr doch noch geknutscht? Bist du nicht mehr in ihn verliebt?«

Sabina sah verlegen aus.

»Nein. Eigentlich war ich noch nie richtig in ihn verliebt.« Sie zuckte mit den Schultern. »Oder doch, vielleicht schon ... Aber jetzt nicht mehr.«

»Warum nicht?«

»Am Anfang war er supersüß, aber mit der Zeit wurde er total anstrengend.«

Sie senkte die Stimme: »Du darfst es Jonna nicht erzählen, sie würde es nicht verstehen. Neulich Abend haben wir Petting gemacht, und danach hat er die ganze Zeit rumgequengelt, dass ich mit ihm schlafen soll. Aber ich wollte nicht. Findest du das komisch?«

Ich sah Mattes dumme Augen vor mir. Wie er seine dreckigen Finger zwischen Sabinas Beine schob und wie sie stöhnte und sich wand. Ich gab mir alle Mühe, das Bild aus meinem Kopf zu löschen.

»Nein, natürlich nicht! Wir sind noch viel zu jung für so was. Das ist ja sogar verboten. Weiß er das nicht?«

Sabina lachte.

»Und ich dachte, du hättest es vielleicht schon getan!«

»Was? Das hast du gedacht?«

»Na ja, du weißt schon … mit Steffo vielleicht?«

»Spinnst du total? Natürlich nicht!«

Sabina schob ihre Hand in meine.

»Wie schön! Ich hatte Angst, du würdest mich kindisch finden. Du, ich hoffe, du bist nicht mehr sauer auf mich, weil ich gesagt habe, du würdest lügen?«

»Nein, nicht direkt, aber …«

»Aber was?«

»Ach, nichts«, sagte ich.

Sabinas Augen leuchteten auf.

»Oh Hanna, ich bin so froh, dass wir wieder Freundinnen sind! Ohne dich war es in den Pausen längst nicht so lustig. Ich habe dir etwas mitgebracht. Warte kurz …«

Sie öffnete ihre rosa Stofftasche, nahm ein kleines Päckchen, das in Zeitungspapier eingewickelt war, und reichte es mir. Ich packte es aus. In dem Papier lag das weiße Porzellankätzchen auf dem rosa Kissen. Sabinas allerkostbarster Besitz. Verwundert schaute ich sie an.

»Hanna, du bist meine allerbeste Freundin, und ich will, dass es dir gehört.«

»Danke, aber das kann ich nicht annehmen.«

Sie sah mich entschlossen an.

»Doch. Du musst.« Sie lächelte. »Wenn du es nicht annimmst, werfe ich es auf den Boden. Dann ist es kaputt und du bist schuld.«

Ich schaute das weiße Kätzchen mit seinen blauen Augen und dem rosa Näschen an. Es schaute herausfordernd zurück. Ich begriff, dass Sabina ein schlechtes Gewissen hatte und dass das ihre Art war, Entschuldigung zu sagen.

AM Abend aßen wir alle, die ganze Familie, zusammen zu Abend. Papa würde diese Woche von zu Hause aus arbeiten. Isabella und er unterhielten sich mit sanften Stimmen und schauten sich die ganze Zeit an. Mir kam das komisch vor. Hatten die beiden Ruben mit dem Luftballonbauch und diese Hobbydichtergans etwa schon vergessen?

Das Telefon klingelte, und ich war erleichtert, als Isabella mich bat dranzugehen. Es war Sabina. Sie klang aufgeregt: »Hanna, darf ich dich was fragen?«

»Was denn?«, fragte ich misstrauisch.

»Bist du in Steffo verliebt?«

Ich sah Steffos kautabakverschmierte Zähne und seinen flaumigen Schnurrbart vor mir.

»Nein, natürlich nicht.«

»Wie gut. Als ich heute zum Kiosk wollte, kam er nämlich gerade vorbei. Wir haben uns ein bisschen unterhalten und ich fand ihn irgendwie so wahnsinnig süß …«
»Du hast ihm hoffentlich nicht erzählt, dass wir in dieselbe Klasse gehen?«

Sabina klang unschuldig.

»Doch, aber das wusste er schon. Wieso?«

»Ach, nichts«, murmelte ich und wurde rot.

Ich hörte, wie sie schneller in den Hörer atmete.

»Es würde dir also nichts ausmachen, wenn wir zusammen wären?«

Ich seufzte.

»Mach, was du willst. Aber er ist doch schon so alt.«

Sabina lachte laut.

»Sei nicht so kindisch. Warst du noch nie verliebt?«

Für einen kurzen Moment war ich nah daran, ihr von Janek zu erzählen. Ich wollte seinen Namen sagen, jeden Buchstaben genießen, ihn laut herausschreien wie Ronja Räubertochter im Wald. Aber ich hatte Angst, dass Sabina die Magie zerstören würde, dass sie nur kichern oder mich auslachen würde, sagen, dass das ja gar nichts Richtiges sein konnte. Also blieb ich still.

JONNA stand schräg vor mir im Klassenzimmer. Sie hatte ein schwarzes Kleid an, das vermutlich ihrer Mutter gehörte, denn es sah viel zu groß aus. Sabina stand neben mir und hielt meine Hand. Unsere Musiklehrerin, eine kurzhaarige, dürre Frau, die Kette rauchte und einmal in der Woche den Chor leitete, teilte die Noten zu *Bridge Over Troubled Water* aus, das wir beim Gedenkgottesdienst für Linda singen sollten.

»Es ist wichtig, dass ihr den Ernst der Stunde erkennt«, sagte sie. Aber sie hätte uns nicht ermahnen müssen. Der Tod lag wie ein Schleier über uns, und selbst die überdrehten Jungs aus der Vierten sahen so ernst aus wie die Kinder auf den Weinende-Kinder-Bildern, die bei Jonnas Großeltern zu Hause an der Wand hingen.

Ich sang, so schön ich nur konnte, und hoffte, dass Linda mich hören konnte. Dass sie vielleicht erkennen würde, dass wir uns gemocht hätten, wenn sie mich nur gegrüßt hätte. Aus irgendeinem Grund wollte ich gerne daran glauben. Vielleicht hing es mit den Ereignissen der letzten Zeit zusammen, aber ich hatte das Gefühl, sie jetzt besser zu verstehen. Hatte sie auch abends alleine im Bett geweint? War sie genauso unsicher gewesen wie ich? Hatte sie es nur besser versteckt?

Wir gingen der Reihe nach in die Kirche, immer zwei und zwei. Ann-Louise ging ganz vorne und ihre flachen Pumps klapperten über den regennassen Asphalt. Sie trug ein schwarzes, maßgeschneidertes Kostüm und einen breitkrempigen Hut mit Trauerflor.

Es war eine dunkle Holzkirche, umgeben von hohen Kiefern. Sie erinnerte an einen gigantischen Tannenzapfen, den ein Riese hatte fallen lassen. Der Innenraum war weiß gestrichen und über dem Altar hing ein Gemälde von Jesus am Kreuz. Von seinen Händen und Füßen rann Blut, die Dornen der Krone bohrten sich in seinen Kopf.

Sonst kamen wir immer am Ende des Schuljahrs zum Abschlussgottesdienst hierher. Dann war der Kirchenraum mit frisch gepflückten Blumen geschmückt und im Bauch kribbelte die Vorfreude auf die Sommerferien. Aber jetzt fühlte es sich fremd an, hier zu sein. Weiße Lilien reckten ihre vollkommenen Blütenblätter zum Dach und in den Kerzenständern brannten feierlich Kerzen. Es war schön. So weit weg von zerfetzten Kleidern und Würgemalen, wie man nur sein konnte.

Wir stellten uns im Chor auf und nach und nach füllte sich die Kirche. Als Erstes kamen Lindas Eltern. Die Frau war groß und schlank, ihr Gesicht sonnengebräunt, wie ein Andenken an einen ganz gewöhnlichen Sommer. Ihre Fingernägel waren dunkelrot lackiert, und ihre Hände zitterten, als sie die Bibel nahm, die vor ihr lag.

Der Mann war groß und breitschultrig. Er trug einen schlichten schwarzen Anzug mit Schlips. Sein Gesicht war grau, als hätte es alle Farbe verloren. Mir fiel wieder ein, was Jonnas Mutter an meinem Geburtstag gesagt hatte – dass er seine Frau betrogen hatte und sie sich vielleicht scheiden lassen würden. Aber heute drückte sich seine Frau an seinen Arm, als wäre er der einzige Halt, der einzige, der verhindern konnte, dass sie zusammenbrach.

Ich schaute hoch in das Gewölbe. Als ich klein war, glaubte ich, Liebe wäre, wie auf weichen rosa Wolken zu schweben. Aber jetzt begriff ich, was Chris Isaak damit meinte, wenn er sang, dass er sich nicht verlieben wollte. Liebe tat weh, sie riss und zerrte im Brustkorb und machte einem nur Probleme.

Janek stand direkt vor mir, neben Emma mit den Mäusezähnen. Er lächelte, flüsterte etwas in ihr schneckenförmiges Ohr und sie nickte. Ich wusste, dass ich auf Lindas Gedenkgottesdienst war und mich jetzt nicht mit so was beschäftigen sollte. Ich sollte lieber froh und dankbar sein, dass ich lebte. Aber trotzdem bohrte sich eine messerscharfe Nadel in mein Herz.

Der Pfarrer hielt eine kurze Rede, dann sangen wir. Ich sang für Linda, aber vielleicht sang ich vor allem für mich selbst: »When you're weary, feeling small, when tears are in your eyes, I will dry them all.«

ES war kalt, aber die Sonne schien und es war windstill. Sabina und ich versuchten, im Gleichschritt zu gehen, und wir sangen ein Lied, das wir im Englisch-Unterricht geschrieben hatten: »I love him, and he loves me, together we could be a small family.«

Als wir am Bürgerhaus vorbeikamen, fiel mir plötzlich wieder ein, wie Priscilla neulich auf einmal mit dem Holz im Arm aufgetaucht war. Ich erzählte es und Sabina fing an zu kichern.

»Oh Gott, wie gruselig! Die ist ja total irre! Komm, wir gehen nachschauen, ob irgendein Säufer Bier im Gebüsch versteckt hat. Matte und Krille haben da schon oft Dosen gefunden, einmal sogar eine Flasche Schnaps und Pornoheftchen.«

»Aber du trinkst doch wohl nicht, oder?«, sagte ich erstaunt.

Sabina lächelte geheimnisvoll. Wir liefen den Hang hinunter. Es roch nach Erde und welken Brennnesseln. An der Losbude fing Sabina an, die Büsche abzusuchen.

»Komisch, dass die Polizei den Mörder noch nicht gefasst hat«, sagte ich.

Sabina zuckte mit den Schultern.

»Papa glaubt, dass es ein deutscher Tourist war. Der Mörder ist sicher schon längst über alle Berge.«

»Hoffentlich. Aber die Polizei weiß ja nicht …«

Sabina gab auf und streckte ihren Rücken. Das Nachmittagslicht zauberte alle Mitesser weg und sie sah aus wie ein vergoldeter Engel.

»Papa sagt, niemand, der hier wohnt, wäre zu so etwas imstande, und das glaube ich auch.«

Ich nickte, aber ich war anderer Ansicht. Ich sah Krilles und Mattes hasserfüllte Blicke vor mir, Priscillas verzerrtes Gesicht und Schrott-Einar, der Jonna und mich in den Wald jagte. Wer von ihnen wäre nicht imstande gewesen, so etwas zu tun?

»Hast du keine Angst?«

Sabina sah angespannt aus. »Nein, habe ich nicht! Und weißt du auch, warum? Linda war nicht wie wir. Sie hatte jede Menge Jungs. Mörder töten keine normalen Mädchen.«

Da begriff ich es. Zum ersten Mal begriff ich es. Sabina hatte Angst, viel mehr Angst, als sie zugeben wollte. Deshalb lästerte sie über Lindas Typen. Sie wollte daran glauben, dass Linda selbst schuld war, aber sie wusste, dass das nicht stimmte.

»Wie läuft es mit Steffo?«

Sie entspannte sich und lächelte.

»Gut. Er ist total süß. Ich treffe mich heute Abend mit ihm am Kiosk. Kommst du mit? Steffo sagt, sein Kumpel Henke ist in dich verknallt.«

Ich lachte. »Nein, tut mir leid, ich habe versprochen, zum Abendessen zu Hause zu sein.«

Sabinas Lächeln verschwand und sie sah ernst aus.

»Was ich neulich gesagt habe – dass du meine beste Freundin bist. Das stimmt wirklich. Ich mag Jonna auch. Aber ich hatte nie eine Freundin wie dich. Ich finde es schrecklich traurig, dass du wegziehst.«

»Aber ich komme euch doch besuchen.«

Sabina sah aus, als würde sie mir kein Wort glauben.

»Versprochen«, sagte ich und drückte ihre Hand.

Meine Eltern hatten beschlossen, dass wir nach Weihnachten gemeinsam nach Göteborg umziehen würden. Papa hatte es satt zu pendeln, und Isabella gefiel es nicht, so viel alleine zu Hause zu sein. Außerdem fühlte sich Rydöbruk seit dem Mord an Linda längst nicht mehr so idyllisch an.

Mich machte es traurig, dass ich von Jonna wegziehen sollte. Obwohl wir uns in letzter Zeit vielleicht ein bisschen auseinanderentwickelt hatten, würde ich sie vermissen. Ihre Energie. Die karottenroten Haare, die im Wind wehten, wenn wir schaukelten. Unsere Lachanfälle.

Was Sabina betraf, hatte ich dagegen eher gemischte Gefühle. Ich war nicht mehr sauer auf sie. Sie war eben, wie sie war: verrückt, lustig und launisch. Aber auch wenn ich ihr verziehen hatte, war es nicht mehr wie früher. Mein erster Gedanke, als Isabella und Papa verkündeten, dass wir umziehen würden, galt jedoch weder Jonna noch Sabina. Auch nicht dem Garten oder unserem Haus.

Nein, der schlimmste Abschied war der von Janek. Bei dem Gedanken, ihn nie wiederzusehen, war ich wie gelähmt.

SEIT Lindas Gedenkgottesdienst war ein Monat vergangen und so langsam war fast alles wieder normal in der Schule. Die Mädchen hatten aufgehört, in den Pausen zu weinen, und Ann-Louise lächelte im Unterricht.

Seit dem Tag, an dem wir zusammen zur Schule gelaufen waren, hatten Janek und ich noch nicht wieder miteinander geredet. Wenn er im Klassenzimmer oder auf dem Schulflur an mir vorbeiging, begegneten sich manchmal unsere Blicke, aber dann guckte ich nach unten und ging schnell weiter. Je mehr Zeit verging, umso anstrengender wurde es. Jedes Mal, wenn ich ihn sah, war ich drauf und dran, ihn anzusprechen. Ich malte mir aus, was dann passieren würde, und hatte mir mehrere Sätze bereitgelegt. Aber ich hatte Angst, tot umzufallen, falls es schiefgehen sollte.

Wir sollten im Sportunterricht Schlagball spielen. Die Jungen durften die Mannschaften wählen. Wie immer wurde ich erst ganz zum Schluss aufgerufen, aber das störte mich nicht. In den Ballsportarten war ich noch nie gut gewesen.

Ich stellte mich auf das Spielfeld und wartete auf den

Aufschlag. Der Ball schoss über unsere Köpfe weg und landete bei Tony, einem schmächtigen Viertklässler, der oft störte und am liebsten Papierkörbe umtrat. Obwohl erst ein paar Minuten vergangen waren, langweilte ich mich schon und meine Gedanken schweiften ab. Ich schaute zu Janek, der ein Stück entfernt auf dem Spielfeld stand.

Er beugte sich vor und küsste mich. Ich habe mich in dich verliebt, sagte er. Ich habe mich in dich verliebt, Hanna. Weiter kamen meine Gedanken nicht, da traf mich der Ball am Kopf. Ein Blitz.

»Verdammt! Du hättest ihn fangen sollen!«, brüllte Tony.

Unser Sportlehrer Bengt »Benke« Svensson schüttelte seine Nackenmatte. Seine Shorts schmiegten sich um die solariumgebräunten Beine, als er auf mich zukam.

»Du musst mitmachen, Hanna! Du kannst doch nicht nur dastehen und träumen.«

Ich tastete mit der Hand nach meiner Stirn. Dort, wo der Ball mich getroffen hatte, tat es so weh, dass ich Angst hatte zu bluten. Aber es war nur eine Beule.

Benkes eckiges Gesicht wurde ein bisschen weicher: »Willst du dich hinsetzen und dich einen Moment ausruhen?«

Ich nickte, ging vom Spielfeld und setzte mich auf die Wiese. Die anderen Jungs feixten und Tony sagte laut: »Warum müssen wir immer mit den Mädchen spielen? Die haben doch alle keine Ahnung von Sport!«

Benke lachte.

»Aber Tony, die Mädchen müssen doch auch mitmachen dürfen.« Es klang absolut nicht, als würde er das auch wirklich so meinen.

»Also, die ganz bestimmt nicht«, sagte Tony und zeigte auf mich.

»Könnt ihr jetzt vielleicht mal damit aufhören? Seid ihr total bescheuert, oder was?«

Ich schaute hoch. Es war Janek.

Tony verstummte und Benke sah unsicher aus.

»Nur die Ruhe, Janek, wir wollen jetzt nicht anfangen, uns zu streiten«, sagte er.

Janek schüttelte den Kopf.

»Das ist doch das Letzte. Ich mach nicht mehr mit.«

Er marschierte geradewegs über die Wiese zu den Umkleideräumen. Die anderen aus der Klasse schauten ihm hinterher. Ich stand auf und lief ihm nach.

ICH wartete darauf, dass Janek mich bemerken würde. Aber er schien meine Schritte nicht zu hören. Sein schmaler Rücken war angespannt und er lief schnell.

»Janek«, rief ich.

Er drehte sich um. Die dunkelblonden Haare hingen ihm ins Gesicht. Er strich sich eine Strähne aus der Stirn und schaute mich an.

»Ich wollte mich nur bedanken … das war nett von dir«, murmelte ich.

Janek zuckte die Schultern.

»Das war doch nichts Besonderes.«

»Doch, niemand anderes hätte den Mut gehabt, sich einzumischen. Ich hasse Benke und Tony, aber ich hätte mich das nie getraut.«

Janek wurde rot und blickte nach unten.

»Ich habe das nur getan, weil es um dich ging.«

»Was hast du gesagt?«, fragte ich, obwohl ich ihn ganz genau verstanden hatte. Ich konnte nur einfach nicht glauben, was ich gehört hatte.

»Ich sagte, ich habe es nur getan, weil es um dich ging …«

Es war genau wie in meinen Träumen. Wenn ich jetzt die Hand ausstreckte, konnte ich ihn berühren. Vorsichtig über seine Wange streichen.

»Warum denn?«, fragte ich.

Er lächelte, als hätte ich gerade etwas wahnsinnig Dummes gesagt.

»Das kannst du dir doch denken. Ich mag dich.«

Tausend kleine Zinnsoldaten bliesen in ihre Trompeten und marschierten in meinem Brustkorb herum. Die Beule auf der Stirn machte mir nichts mehr aus.

»Ich mag dich auch«, sagte ich.

ALS ich nach Hause kam, stand Papa im Garten.

»Hallo, mein Schatz. Wie war es heute in der Schule?«, fragte er und ließ ein paar frisch gepflückte Pflaumen in den Plastikeimer fallen, der neben ihm auf dem Boden stand.

»Super«, sagte ich und lächelte.

Papa runzelte die Stirn.

»Aber du hast ja eine Beule auf der Stirn! Was ist passiert?«

»Ach, ich habe nur im Sportunterricht einen Ball abbekommen. Nichts Schlimmes!«

Papa sah besorgt aus. Ich musste immer noch jedes Mal, wenn ich ihn sah, daran denken, was passiert war, aber nach und nach verblassten die Ereignisse des Sommers wie alte Fotos im Sonnenlicht. Ich überlegte kurz, ob ich ihm von Janek erzählen sollte, aber dann entschied ich mich dagegen. Er hatte Geheimnisse vor mir gehabt, jetzt war ich dran.

Isabella kam aus ihrer Werkstatt. Ihr kariertes Hemdblusenkleid war voller Lehmspritzer, aber sie sah ungewöhnlich fröhlich aus.

»Wie schön, dass du da bist! Ich wollte gerade reingehen und Essen machen. Hast du Lust, mir beim Backen zu helfen? Ich hatte an Pflaumenpie gedacht.«

Ich gab ihr keine Antwort und ihr Lächeln verschwand. Unruhig musterten ihre Augen mein Gesicht, als versuchte sie abzulesen, was ich dachte.

»Also nur, wenn du wirklich Lust dazu hast. Ich kann verstehen, wenn du keine Zeit hast oder nicht willst oder …«

Sie war ganz kleinlaut. Überhaupt nicht mehr selbstsicher wie sonst. Eher etwas verwirrt, als wenn sie ein schlechtes Gewissen hätte. Meine elegante Mama.

Es tat weh, sie so zu sehen. Ich weiß nicht, warum, aber zum ersten Mal seit Langem spürte ich, dass ich nicht mehr sauer auf sie war. Sie war, wie sie war, und vielleicht wollte ich gar nicht, dass sie sich änderte.

»Klar, Mama, ich helfe dir«, sagte ich.

ES klingelt zum Unterrichtsende, und das Geräusch von Büchern, die zusammengeklappt werden, klingt wie ein Vogelschwarm, der vom Boden auffliegt. Ich zucke zusammen und schaue auf den Stift in meiner Hand. Zerkaut. Dann nehme ich meine Tasche und stehe auf.

»Hanna«, sagt die Lehrerin und wirft mir den *besorgten Blick* zu. »Du wirkst heute so abwesend. Geht es dir nicht gut? Ist irgendwas passiert?«

Ich schüttele den Kopf.

»Na dann«, sagt sie. »Aber du solltest im Unterricht besser aufpassen. Wie willst du später im Leben zurechtkommen, wenn du nicht mal die elementarsten Rechenschritte beherrschst?«

Ich zucke mit den Schultern.

»Ich erfinde einen Roboter, der alle langweiligen Matheaufgaben für mich löst.«

Die Lehrerin starrt mich an, als hätte sie sich verhört. Aber ich lächele nur und gehe weg.

Auf den Gängen schwirren unzählige Stimmen durcheinander. Mimosa, meine neue Freundin, lehnt an der Wand und wartet auf mich. Sie ist in meiner Parallelklasse und wir gehen jeden Mittwochabend zusammen ins Ballett.

»Komm, Hanna, lass uns essen gehen. Ich habe gehört, dass es heute Fischstäbchen und Kartoffelbrei gibt«, sagt sie in breitem Göteborger Dialekt. Wir haken uns unter und gehen zum Speisesaal.

Ich schaue sie von der Seite an. Mimosa mit dem schwarzgelockten Pagenkopf und den großen, dunkelbraunen Augen. Mimosa, die sich wie eine Erwachsene schminkt, aber heimlich noch mit Barbiepuppen spielt. So anders als Sabina und Jonna, aber trotzdem erinnert sie mich an die beiden. Ich kann ihr alles erzählen. Oder zumindest fast alles.

»Na, wie geht es meiner Hanney heute?«, fragt sie und legt ihren Kopf schief. Hanney ist ihr Kosename für mich.

Ich grinse breit, das Kribbeln in meinem Bauch explodiert, und ich weiß, dass sie es mir ansieht und fragen wird, warum. Und ich will, dass sie mich fragt. Will, dass sie mich nach der Fahrt nach Rydöbruk am Freitag fragt. Nach dem Zug, der mich nach Torup bringt, wo Jonna und ihre Mutter mich am Bahnhof abholen werden. Ich freue mich so darauf, dass es fast schon wehtut. Ich frage mich, wie es sein wird, Jonna und Sabina wiederzusehen. Ob sie noch aussehen wie früher oder ob sie sich verändert haben, jetzt, wo sie auf die Mittelschule in Hyltebruk gewechselt sind.

Aber am allermeisten denke ich an Janek. Janek, der inzwischen in einer Rockband Gitarre spielt. Wird es sich noch anfühlen wie früher? Ein Jahr ist eine lange Zeit.

Aber nicht, wenn man daran denkt, dass Oma achtzig und die Erde sogar mehrere Millionen Jahre alt ist.

Ich sehe sein Gesicht vor mir. Ein bisschen verschwommen, wie eine Luftspiegelung. Und ich erinnere mich an den salzigen Geschmack seiner Lippen auf meinen.

Aber ich sehe auch den Wald. Und auch wenn die Angst nachgelassen hat, ist sie immer noch da, denn ich weiß, dass die Polizei Lindas Mörder nie gefasst hat. Dass die Hände vielleicht noch irgendwo dort draußen sind. Die Hände, die das Leben aus ihrem Körper gewürgt haben. Aber ich weiß auch, dass die Bäume noch stehen. Dass der See spiegelglatt daliegt und der Wasserfall rauscht. Und dass das grüne Moos geheimnisvoll zwischen den Bäumen leuchtet.

»Was ist denn? Du siehst irgendwie spooky aus«, sagt Mimosa und runzelt die gezupften Augenbrauen.

»Ich weiß auch nicht«, antworte ich und schlucke. »Ich habe nur so ein komisches Gefühl …«

Ich verschlucke die letzten Worte. Ein komisches Gefühl, dass jemand auf mich wartet.

TAUSEND DANK

Allen, die mich unterstützen und aufbauen: meine Eltern, meine Brüder und mein Mann Erik Sandberg, der immer für mich da war.

Adriana Seserin, die mein Manuskript gelesen und mir wichtige Hinweise gegeben hat; Anna Greta Persson für ihren unerschütterlichen Enthusiasmus und ihre beständige Ermunterungen und Piotr Marcinika für die Hilfe bei polnischen Jungennamen.

Allen im Verlag. Ganz besonders meiner sorgfältigen Lektorin Olivia Demant, meiner begeisterten Verlegerin Cecilia Nilson und der hilfreichen PR-Koordinatorin Emilia Holmqvist.

Last but not least, Rebecca Nordén Ahlefeldt-Laurvig und Johanna Persson, die die dunklen Wälder und ihre Geheimnisse genauso gut kennen wie ich.

LIEDTEXTE:

S. 69 aus *Unter dem Meer* (alte Synchronisation vor 1998 / danach *Unten im Meer,* Original: *Under the sea* von Howard Ashman)

S. 110 aus *Wicked Game* von Chris Isaak

S. 152 aus *Ever fallen in love (with someone you shouldn't 've)* von Pete Shelley

S. 175 aus *Bridge over troubled water* von Paul Simon

Nataly Savina

Love Alice

Roman
Klappenbroschur, 160 Seiten (81141)

Peter-Härtling-Preis
Die besten 7 Bücher (Deutschlandfunk)

Auch als E-Book erhältlich

Wieder eine neue Stadt, wieder eine andere Schule: Alice, 14, hat das Nomadenleben ihrer Mutter, einer exzentrischen Opernsängerin satt. Dann trifft sie Cherry. Sie laufen durch die verschneiten Wälder, die wie im Märchen aussehen, legen sich auf die Zuggleise und ziehen durch die Stadt. Sie haben sich und spielen gefährliche Spiele. Doch als Cherry allein zu ihrer Karateprüfung geht, passiert das Unvorstellbare, dass das Leben von Alice für immer verändern wird.

»Ein tief beeindruckender Roman.« *Deutschlandfunk*

»*Love Alice* ist ein mutiges und gekonnt choreographiertes Manuskript. Savina erspart ihren Figuren so wenig wie den Lesern. Die Freundschaft der Mädchen, die sich nach Zuwendung und Nähe sehnen und aus der Erstarrung ihrer Einsamkeit heraus kommen wollen, wird als intensiv und beglückend geschildert.«
Jury-Begründung des Peter-Härtling-Preises